세상에 없는 아이

바다로 간 달팽이 **016**

세상에 없는 아이

1판 1쇄 발행일 2015년 9월 4일 • **1판 3쇄 발행일** 2020년 10월 27일
글쓴이 김미승 • **펴낸곳** (주)도서출판 북멘토 • **펴낸이** 김태완
편집 김정숙, 조정우 • **디자인** 안상준 • **마케팅** 최창호, 민지원
출판등록 제6-800호(2006. 6. 13)
주소 03990 서울시 마포구 월드컵북로 6길 69(연남동 567-11), IK빌딩 3층
전화 02-332-4885 • **팩스** 02-6021-4885 • **이메일** bookmentorbooks@hanmail.net
인스타그램 https://www.instagram.com/bookmentorbooks__
페이스북 https://facebook.com/bookmentorbooks

ⓒ 김미승, 2015

ISBN 978-89-6319-146-1　03810

이 도서의 국립중앙도서관 출판예정도서목록(CIP)은
서지정보유통지원시스템 홈페이지(http://seoji.nl.go.kr)와
국가자료공동목록시스템(http://www.nl.go.kr/kolisnet)에서
이용하실 수 있습니다.(CIP제어번호 : CIP2015023406)

세상에 없는 아이

김미승 지음

북멘토

차례

고래 아가

마을을 덮쳐 오던 먹구름은 오후부터 서서히 비를 뿌려 대기 시작했다. 길고 긴 장마가 시작될 터였다.

밤새 빗줄기를 뚫고 한 여인의 고통스런 신음이 이어졌다. 아흐윽, 아흐윽, 유난히 긴 산통이었다. 무너미골 여자들도 덩달아 그 소리에 함께 이를 악무느라 깊은 잠에 들지 못했다. 드디어 온몸을 쥐어짜는 듯한 비명이 밤하늘을 찢었다.

"응아앙, 응아앙."

우렁찬 아기 울음소리가 빗속에 젖어 들었다.

"에그머니나!"

땀을 뻘뻘 흘리며 아기를 받아 내던 산파가 기겁을 하며 엉덩방아를 찧었다.

"왜, 왜 그러세요?"

축 늘어져 있던 산모가 놀라 물었다. 산파의 얼굴이 두려움에 싸여 있었다. 수십 차례 아기를 받아 왔지만 이런 일은 처음이었다. 산모는 얼른 아기를 들여다보았다. 이내 산모의 눈이 휘둥그레졌다.

아기는 기괴한 모습을 하고 있었다. 아기의 두상이 영락없는 고래의 형상이었다. 게다가 갓난아기 같지 않은 몸뚱이는 두 살배기는 되어 보이게 컸다. 그나마 사내아이였으면 좀 나았을까, 계집아이였다! 누가 봐도 볼썽사나울 모습이었다.

밤새 장대비가 후둑후둑 어미의 가슴을 두드리며 내렸다.

이튿날 아침, 아기를 보러 온 이웃들은 놀란 눈빛만 서로 주고받을 뿐 아무 말도 하지 않았다. 누설했다간 죽음을 면치 못할 천기인 양 모두들 입을 다물었다. 그러나 소문은 우기의 먹구름처럼 이 마을 저 마을을 금세 휘감아 돌았다.

"불길한 징조여. 예부터 나라에 큰일이 생기려면 이상한 일이 일어나곤 했다는데."

"그러게 말이야, 어떤 마을에선 정자나무가 사흘 밤낮을 웅웅웅 울었다는군."

"어느 절에선 부처님 눈에서 피눈물이 흘러내렸대."

"글쎄, 저 재 너머에선 남녀 쌍둥이가 서로 얽혀서 태어났대요. 에그 망측해라. 나라에 망조가 들려고 그런가…… 불길해, 불길하다고."

먹구름이 빠르게 마을 위를 오르내렸다. 유례없는 장마가 달포가량 계속되었다. 논들이 물에 잠기고 방천이 넘쳤다. 무너미골은 불길한 기운에 휩싸였다.

"우리 마을에 고래를 닮은 아이가……."

뿌리를 알 수 없는 공포가 물밑에서 악머구리 떼처럼 들끓었다.

그런 세상과는 상관없이 갓 태어난 아기는 엄마 젖을 힘차게 빨아 댔다. 발그레한 아기의 볼 위로 어미의 눈물 한 방울이 톡, 떨어졌다.

"불길한 징조를 가지고 태어난 것들은 나라에서 찾아내어 죽인다는디 참말인가?"

누군가 조심스럽게 속삭이자 또 누군가는 재빨리 검지를 입에 대고 쉬쉬했다. 마주 보는 서로의 눈동자 속에서만 고개를 끄덕이면서.

그즈음 나라에는 괴상망측하게 생긴 인간들이 속속 배에서 내렸다. 머리카락이 노랗고 눈이 파란 그들을 사람들은 양인이라 불렀다. 세상 저편 영길리(영국)와 불란서(프랑스),

미리국(미국)이라는 나라에서 왔다고 했다.

"그것들이 다 어디에 붙어 있는 나라여? 청나라 말고, 왜나라 말고, 다른 세상이 또 있었던가 보네?"

"세상에, 어쩌면 사람 몰골이 저리 희한하게 생겼을꼬? 저불막대기(총)로 사람도 잡는 건 아니겠제?"

나라 안 사정도 무너미골과 별반 다르지 않았다. 불길한 징조들은 사람과 사람 사이에 들어앉아 물과 기름처럼 서로를 밀어냈다.

어느 날 관아 사람이 소문을 듣고 무너미골을 찾아왔다. 관아 사람은 젖을 빨고 있는 고래아이를 어미 품에서 빼앗으려 했다. 그러나 어미는 필사적으로 아기를 끌어안고 내주지 않았다. 어미의 팔을 끊어 내지 않고서는 아기를 빼앗을 수 없었다. 관아 사람은 어미에게 아기를 내주지 않으려면 엎어 죽이라 했다.

"나리, 아무리 흉물로 태어났더라도 생목숨을 어떻게 끊으란 말입니까? 어린것이 무슨 죄가 있습니까? 차라리 저를 죽여 주십시오. 흑흑."

어미는 눈물로 절규했다. 이웃들은 방문 틈에 눈을 대고 이 모든 광경을 지켜보았다. 그러나 누구도 감히 나서서 어미 편을 들어 주지 못했다.

어미의 처절한 흐느낌 앞에 관아 사람은 차마 어쩌지 못하고 돌아섰다.

"근간 다시 올 터……."

관아 사람은 아비를 따로 불러 무슨 말인가를 남기고 떠나갔다.

"흑흑, 불쌍한 것. 다 내 잘못이야."

그날 밤, 어미는 작년에 먹었던 수상한 고기를 떠올렸다.

어느 날 남편은 주인 나리가 주었다며 고기 한 덩이를 종이에 싸 가지고 왔다. 고래 고기였다. 지인이 선물로 보낸 것인데, 그 댁 며느리가 귀한 손을 잉태하고 있어 망설이다 내친 고기였다. 주인 나리는 5대 독자인 손자를 위해 과일 하나도 반듯하게 생긴 것만 골라 며느리에게 먹였다. 고래 고기는 아랫것들에게 내주었다. 끼니 때우기도 힘들었던 아랫것들은 그저 감읍할 따름이었다.

남편은 굶기를 밥 먹듯 하는 임신한 아내에게 고기를 먹일 수 있어 뿌듯했다. 부황기가 들어 누르뎅뎅한 아내의 얼굴을 볼 때마다 마음이 편치 못하던 터였다. 아내는 고기를 맛나게 먹었다. 오랜만에 배불리 먹은 아내는 배를 쓰다듬으며 행복한 잠 속으로 빠져들었다.

그날 이후, 아내는 허기진 날들 속에서도 그날을 생각하면 배 속이 든든해지곤 했다. 그것이, 죽은 어미고래의 배 속에서 꺼낸 새끼고래였다는 말을 듣기 전까지는.

아내는 자주 고래 꿈을 꾸었다. 아기고래 한 마리가 끊임없이 자신을 따라다녔다. 어느 날엔가는 아기고래가 치마 속으로 쑥 들어왔다. 아내는 얼른 아기고래를 치마로 덮어 안았다.

관아 사람이 다시 찾아왔다. 나라에서 큰 은덕을 베풀어 살려 주기로 했으니 대신, 아이가 열세 살이 되면 궁궐 액막이로 보내야 한다고 했다.

그 또한 청천벽력이었으나 어미는 받아들이는 수밖에 없었다. 아기를 살리기 위해서라도 어쩔 도리가 없었다. 어미는 생사의 기로에서 간신히 살아 나온 아기를 들여다보며 하염없이 울었다.

아기는 무럭무럭 자랐다. 체구가 또래 아이와 비교할 수 없을 만큼 컸다. 툭 튀어나온 이마와 유난히 돌출된 입매가 고래얼굴을 닮았다. 박색이었다. 동네 아이들은 고래아이를 놀이에 끼워 주지 않았다.

"저리 가, 저리 가지 못해?"

동네 아이들은 고래아이에게 돌팔매질을 했다. 고래아이는 항상 금 밖으로 밀려났다. 언제나 혼자 놀았다.

그러나 고래아이는 지치지도 않고 늘 아이들 주위를 맴돌았다.

동네 아이들이 어려움에 처했을 땐 득달같이 달려가 도와주었다. 술래잡기를 하다 닭장 밑에 깔린 언년이를 재빨리 빼내 주고, 멧돼지에게 받칠 뻔한 말복이도 구해 주었다.

"흥, 힘이 세니까 써 먹을 때가 있긴 하네."

고맙다는 말은커녕 돌아오는 건 늘 비아냥거림뿐이었다.

열 살 무렵에는 덩치가 웬만한 어른 남자만 했다. 아이는 아버지의 지게를 거뜬히 지고 나무를 해 날랐다. 사내아이였다면 입이 마르게 칭찬이 자자했을 터이지만, 계집아이는 나뭇짐이 커질수록 좋은 소리를 못 들었다. 어른들은 끌끌끌 허를 찼다.

"쯔쯧, 허울만 사람이지 영락없는 고래 힘이구먼."

힘이 세고 덩치가 큰 이 여자아이를 사람들은 '고레'라 불렀다.

힘센 여자아이

"야, 곰탱아 받아랏!"

나뭇짐을 지고 막 일어서려는 고례 앞으로 뭔가 휙, 날아들었다. 얼떨결에 고례는 그것을 가슴으로 받았다. 한창 부풀어 오르고 있는 가슴에서 번갯불이 일었다. 지독한 아픔이 느껴졌다.

"으악!"

저고리 고름 코에 뱀이 걸쳐져 있었다. 고례는 기겁을 하며 뱀을 털어 냈다. 그 바람에 저고리 고름이 풀어지고 나뭇짐은 아래로 데굴데굴 굴렀다. 고례는 굴러가는 나뭇짐을 바라보며 발을 동동 굴렀다.

"와하하하."

바로 옆 덤불숲에서 말복, 말구 형제가 튀어나왔다. 고례는 얼른 가슴을 감쌌다.

"애고, 저고리 속에 뭐가 들었간디 저렇게 보물처럼 감싸 안을까? 야 곰탱아, 너도 여자라고 거기 뭐가 있긴 하냐? 낄 낄낄."

"저 곰탱이한테 그런 게 있을 턱이 있냐? 저게 여자냐 나 무둥치지. 우헤헤헤."

말구가 죽은 뱀을 주워 들고 고례 앞에서 흔들어 댔다. 말 복이는 고례가 저고리를 감싸던 모습을 흉내 내며 재밌어 했다. 둘의 웃는 모습이 꼭 닮았다. 아주 밉상이다. 고례는 꼴보기 싫은 두 녀석을 째려보며 혼자 중얼거렸다.

'어휴, 귀신들은 저것들 안 잡아먹고 뭐하는지 몰라.'

"너희들, 왜 사람을 그렇게 못살게 구는 거야?"

고례는 부끄럽기도 하고 아파서 발끈 성을 냈다.

"사람? 여기 사람이 있었나? 어디 어디?"

말복이가 손차양을 하고 느물거리며 주위를 둘러보는 시 능을 했다.

"내 눈에는 곰탱이 한 마리밖에 안 보이는데?"

말구도 제 형 말에 장단을 맞췄다. 형제가 아주 죽이 잘 맞 는다.

"어이쿠, 이 나뭇짐 좀 봐라. 오늘은 어제보다 나뭇짐이 더

크네, 더 커. 아예 집 한 채를 떠메고 다니지 그러냐? 너 때문에 우리만 만날 혼나잖아! 게으름 피운다고. 으휴, 아버진 어떻게 저런 괴물하고 사람을 비교하나 몰라."

두 녀석은 한동안 고례를 놀려 대더니 제풀에 지쳤는지 건들건들 산을 내려갔다. 말구 녀석이 굴려 내린 고례의 나뭇짐을 걷어차서 여기저기 흩뜨려 놓았다.

"저, 저런 나쁜 놈들!"

고례는 발을 동동 굴렀지만 하루 이틀 있던 일도 아니었다. 고례는 분하고도 난감한 눈빛으로 흐트러진 나뭇단을 내려다보았다.

고례는 말복, 말구 형제가 정말 싫었다. 녀석들은 마치 고례를 괴롭히기 위해 태어난 것 같았다. 그래서 되도록이면 녀석들과 부딪치지 않으려고 피해 다녔지만 어느새 도둑괭이처럼 따라와 괴롭히곤 했다.

고례는 흩어진 나뭇단을 거두어 다시 묶었다. 나뭇단의 높이가 자신의 키보다 더 높았다. 고례는 나뭇단을 쓰다듬었다.

'이만하면 아버지가 만족하시겠지.'

다들 내려갔는지 덤불숲에 박혀 나무를 하던 사람들의 그림자도 보이지 않았다. 고례는 걸음을 재촉했다. 오후에 한

짐을 더 하려면 빨리 가서 점심을 먹어야 했다. 걸을 때마다 지게 끈이 어깻죽지에 꽉 끼어 살이 쓰라렸다. 이젠 고레에게 아버지의 지게는 너무 작았다. 열한 살이 되면서부터는 키도 덩치도 아버지를 훌쩍 넘었다. 지금 무너미골에서 고레보다 큰 사람은 없었다.

마을로 들어서자 사람들은 또 무슨 희귀 동물이라도 보는 것처럼 고레를 힐끔거렸다. 처음 보는 것도 아닌데 매양 그랬다. 고레는 목을 잔뜩 움츠리고 땅만 보며 걸었다.

"세상에! 저 나뭇짐 좀 보아! 장정들도 못 따라가지!"

처음에는 자신의 나뭇짐을 보고 감탄하는 소린 줄 알고 기분이 우쭐했더랬다. 그런데 곧이어 혀를 끌끌 차는 소리를 듣곤 저절로 허리와 목이 꺾여 들었다.

"쯧쯧, 저것이 기집애가 맞는 겨?"

사람들은 말복이 나뭇짐이 전날보다 조금만 커져도 칭찬해 주면서 고레의 나뭇짐이 큰 건 칭찬하지 않았다. 그러나 고레는 아버지에게 혼나지 않으려면 어제보다 오늘의 나뭇짐이 더 커야 했다.

"뭐하다 이제사 오는 겨? 김 초시 댁 나무는 언제 해다 주려고 게으름이야?"

사립문을 들어서자마자 아버지의 폭풍 같은 잔소리가 휘몰아쳤다.

　"말복이가 또……."

　"시끄럿! 그게 어디 하루 이틀 일이어서 그놈들 핑계여?"

　아버지는 고례의 말은 들어 보려고 하지도 않고 호통부터 쳤다. 고례는 나뭇짐을 헛간에 부려 놓고 지게를 진 채 엉거주춤 서 있었다. 배는 고픈데 이대로 다시 나무를 하러 가야 하나, 밥을 먹고 가야 하나. 고례의 눈길은 마당을 더듬어 엄마를 찾았다.

　"뭐햇! 빨리 김 초시 댁 나무하러 가지 않고?"

　아버지는 고례의 배 속 사정일랑 안중에도 없었다. 엄마는 헛간 옆에 앉아 시래기를 엮고 있었다. 고례와 눈이 마주치자 엄마가 턱짓을 했다. 빨리 정지(부엌)로 들어가라는 신호였다.

　"저 여편네가? 뭘 잘했다고 꼬박꼬박 밥을 멕이려는 거여?"

　아버지가 엄마에게 눈을 부라리며 고함을 쳤다.

　"짐승도 때 되면 배 속은 채워 주고 부려 먹는 벱이요. 에 그 독한 사람!"

　엄마는 또 어쩌려고 역성을 드는가. 저렇게 고례를 두둔

하다 엄마는 사흘이 멀다 하고 아버지한테 두들겨 맞았다. 아버지는 지겟작대기고 삼태기고 양동이고 할 것 없이 잡히는 대로 들고 때렸다. 그래서 엄마 몸뚱이는 하루도 멍이 가실 날이 없었다. 고례는 덜컥 겁이 났다. 오늘도 자기 때문에 엄마가 맞을지 모른다. 고례는 입에 퍼 넣은 밥을 삼키지도 뱉지도 못한 채 안절부절못했다.

"오냐, 그래 그 꼴 볼 날도 얼마 안 남았다. 얼마 안 남았어!"

아버지는 방문을 꽝, 닫고 들어가 버렸다.

"저 인정머리 없는 인간! 저 인간 몸속엔 껌정 피가 흐르고 있을 겨."

아버지의 알 수 없는 독설에 엄마는 침을 튀기며 악다구니를 썼다. 엄마가 다른 때완 달랐다. 어쩌자고 저렇게 바락바락 대드는지 고례는 가슴이 타들어 갔다.

"엄마, 엄마아~ 쉿."

고례는 소리를 죽여 엄마를 말렸다. 그러나 엄마는 막무가내였다. 저러다 솥뚜껑 같은 아버지의 손이 언제 날아올지 몰랐다. 아무래도 자신이 빨리 눈앞에서 없어지는 게 엄마를 돕는 일일 것 같았다. 고례는 서둘러 지게를 둘러메고 사립문을 나왔다.

"아가, 밥 묵고 가라이."

엄마의 애끓는 소리가 고례의 발목을 붙들었다.

"한 끼 굶는다고 안 죽어!"

곧이어 아버지의 고함 소리가 쏜살같이 따라와 등에 꽂혔다. 마음이 휘청했다.

언제부터 보고 있었는지 담장 너머로 말복이가 히죽히죽 웃고 있었다. 속이 시원하냐? 고례는 말복이를 흘겨보았다.

고례는 산 쪽으로 터덜터덜 걸음을 옮겼다.

'아버지는 왜 날 저토록 미워할까? 내가 못생기고 너무 덩치가 커서? 그래도 난 매일 열심히 나무도 하고 물도 길어다 나르는데.'

고례는 아버지가 원망스러워 눈물이 찔끔 났다.

고례는 매일 새벽 동네 몇 집에 물을 길어다 주었다. 그리고 허 생원 댁과 김 초시 댁에도 이틀에 한 번씩 나뭇짐을 해 날랐다. 그러면 엄마는 며칠에 한 번씩 양식을 받아 오곤 했다.

구불구불 창자 같은 논둑길을 지나 산의 초입에 다다랐다. 고례는 차라리 산이 더 편했다. 산에서는 사람들의 이목을 신경 쓰지 않아도 되었다.

산은 헐벗은 나무들로 가득하다. 그동안 잘 마른 덤불숲

만 찾아 나뭇짐 만들기에 바빴던 고례는 산속을 눈여겨볼
여유조차 없었다.

이름을 알 수 없는 수많은 나무들로 꽉 찬 숲은 사람이 사
는 세상과 닮은 것 같다. 큰 나무, 작은 나무, 굵은 나무, 가
는 나무, 곧은 나무, 휘어진 나무, 스스로 서지 못해 다른 나
무에 기대어 오르는 덩굴까지. 오늘따라 산은 제 속을 낱낱
이 보여 주기라도 하려는 듯 고례의 발목을 잡아끌었다.

'나는 어떤 나무와 닮았을까?'

고례는 나무들을 휘둘러보았다. '키가 큰 나무? 몸통이 굵
은 나무?' 하고 생각하다, 나무둥치를 칭칭 말고 올라가는 덩
굴에 눈길이 머물렀다. 왠지 자기와 처지가 비슷해 보였다.
온전한 나무가 되지도 못한 채 나무 흉내를 내고 있는 덩굴.

'난 왜 다른 아이들과 다를까?'

스산한 바람 한 줄기가 저고리 앞섶을 펄럭이며 파고들었
다. 뼛속까지 한기가 느껴졌다. 그때 배 속에서 꼬르륵 소리
가 났다. 머쓱해진 고례는 배를 탁탁 쳤다. 그러나 배 속은
아랑곳없이 투덜댔다. 고례는 물배라도 채우기 위해 계곡
쪽으로 걸음을 옮겼다.

거의 계곡 가까이 왔을 때쯤 어디선가 두런거리는 말소리
가 들려왔다. 물소리에 묻혀 웅얼거리긴 했지만 남자 목소

리임이 분명했다.

고례는 소리 나는 쪽으로 귀를 쫑긋 세우고 살금살금 다가갔다.

"이를 어쩐다? 물이 이렇게 불어난 줄 알았으면 이쪽으로 오지 않는 건데. 큰일 났군, 다들 모여 있을 텐데."

"도련님, 제 등에 업혀 보세요."

"됐네. 내가 어린앤가, 어찌 자네 등에 업히겠나."

젊은 도령과 노복(늙은 남자 종)이 저편에서 난감한 표정으로 계곡을 내려다보고 있었다. 외지 사람인 듯했다. 인근 사람이라면 이곳으로 오지 않았을 터였다. 이곳은 다섯 산줄기가 내리뻗다가 만나는 곳이어서 작은 비에도 금방 물이 불어났다. 그래서 마을 이름도 물이 넘어간다는 뜻의 '무너미골'이다. 계곡은 이틀 전 내린 비로 이미 위험 수위에 달해 있었다.

'이상하네. 왜 이쪽으로 왔지? 마을 앞길을 놔두고.'

통나무다리는 물에 잠겨 있었다.

"휴, 별수 없지. 왔던 길을 되짚어 가자면 한나절은 족히 걸릴 텐데."

젊은 도령이 한숨을 내쉬더니 옆구리에 끼고 있던 보따리를 어깨에 둘러멨다. 기어코 계곡을 건널 모양이었다. 노복이 앞장서 물에 잠긴 통나무다리를 나무 작대기로 더듬으며 발걸음을 떼었다. 흐르는 물살의 힘에 노복의 몸이 자꾸 뒤뚱거렸다.

숨어서 조마조마 지켜보던 고례의 목구멍으로 마른침이 꼴깍, 넘어갔다. 아니나 다를까 중간 지점께 이르렀을 때 노복이 중심을 잃었다. 노복이 미끄러지면서 뒤따르던 도령도 휘청하더니 계곡물에 빠지고 말았다.

"도, 도련님! 어푸, 이 작대기를 잡으세요!"

노복이 작대기를 도령 쪽으로 내밀었으나 도령은 빠른 물살에 떠밀렸다. 그 바람에 어깨에 멨던 보따리가 벗겨져 물살에 떠내려갔다.

"앗, 안 돼! 보따리!"

도령은 보따리를 잡으려고 정신없이 허우적댔다. 보따리를 막 움켜쥐려는 순간 도령은 바위에 부딪치고 말았다. 허우적거림이 급격히 줄어들었다. 다친 모양이었다.

"도련님, 어푸어푸! 정신 차리세요!"

노복이 도령을 향해 애타게 소리를 질러 댔다. 위험했다! 조금 더 아래쪽은 큰 돌들이 무더기로 쌓여 있었다. 그곳으로 떨어지면……!

고례는 벌떡 일어났다. 그러나 맘처럼 걸음이 얼른 떨어지지 않았다. 도와주었다가 또 되레 욕이나 먹지 않을까 망설여졌다. 사람들은 언제나 그랬다. 위험에 처했을 때 도와주면 고맙다고 하기는커녕 고례를 불결한 짐승 보듯 했었다.

'저 사람도…….'

그러나 위험에 처한 사람을 보고 그대로 있을 순 없었다. 고례는 쏜살같이 물속으로 뛰어들었다.

육중한 고례의 몸도 물살을 헤치기가 힘들었다. 생각보다 물살이 셌다. 그러나 이 계곡은 고례가 어릴 적부터 자주 놀았던 곳이라 지형에 익숙했다. 고례는 있는 힘을 다해 물살을 헤치고 겨우 도령을 붙잡았다. 도령은 이미 정신을 잃은 것 같았다. 고례는 도령의 옷자락을 움켜쥐고 기슭으로 끙끙 기어 올라왔다. 노복도 간신히 풀뿌리를 붙들고 기슭으로 올라왔다.

"누군지 모르지만 고맙구먼요. 아이고 도련님, 정신 좀 차려 보세요!"

축 늘어진 도령을 바닥에 누이고 보니 멀리서 보았을 때보다 더 곱상했다. 스물 안팎으로 보이는 호리호리한 몸에 희고 갸름한 얼굴이었다.

'어쩌면 이리도 고울까?'

고례는 지금껏 이렇게 곱상한 남자를 본 적이 없었다. 무너미골엔 다들 말복, 말구처럼 투박스럽고 짓궂은 남자들뿐이었다.

"이보게, 어떻게 좀 해 보게. 우리 도련님 좀 살려 주게."

노복은 허리를 다쳤는지 제대로 움직이지도 못하면서 연신 도령을 걱정했다.

고례는 도령의 흰 도포 위에 두 손을 포개고 지그시 배를 눌렀다. 언젠가 물에 빠진 아이를 건졌을 때 어른들이 그렇게 하는 것을 봤다. 손바닥으로 느껴지는 도령의 배가 꿀렁거렸다. 이윽고 도령의 입에서 물이 뿜어져 나왔다. 그렇게 몇 번을 반복하자 드디어 효과가 나타났다.

"으으, 보따리…… 보따리……."

유난히 붉거진 도령의 목젖이 애타게 꿈틀거렸다.

아주 특별한 만남

"아니? 이 사람 여자 아녀?"

노복이 갑자기 소리를 질렀다. 도령의 다친 다리를 싸매고 있던 고례는 깜짝 놀라 노복을 바라보았다. 노복의 손가락이 고례의 풀어진 저고리 앞섶을 가리키고 있었다. 고례는 도령을 구하느라 미처 흐트러진 매무새를 살필 겨를이 없었다. 놀란 고례는 얼른 저고리 앞을 여미고 머리를 조아렸다.

"그, 그렇습니다."

"여자?"

감고 있던 눈을 번쩍 치뜨며 도령이 고례를 쳐다보았다. 어른 남자보다도 큰 덩치는 그렇다 치더라도 얼굴 생김새며 크고 거친 손을 보면 도저히 여자라고 믿기지 않았기 때문이다. 도령은 얼른 일어나 앉으며 험험, 헛기침을 했다.

"이런 괘씸한 것 같으니! 보아하니 천한 계집인 것 같은데 감히 도련님 몸에 손을 대다니? 이분이 누구신 줄 알고?"

노복이 씩씩대며 고례에게 삿대질을 했다.

"박 서방 그만하게, 저이가 아니었으면 목숨을 잃을 뻔하지 않았나? 은인에게 그 무슨 무례인가?"

도령의 말에 고례는 놀라 고개를 들었다. 순간 도령과 눈이 마주쳤다. 부드러우면서도 날카로운 눈빛이 고례의 가슴 깊숙한 곳까지 뚫고 들어왔다.

"어디 사는 누구인가?"

"저 아래 무너미골에 사는 고례라 하옵니다."

"그래? 지금 나이는 몇인가?"

"열세 살입니다."

"열세 살? 그 나이에 정말 보기 드문 체격이군. 웬만한 사내 몇 몫은 해 내겠구먼."

"……."

고례는 얼굴이 빨개졌다. 도령은 고개를 주억거리며 한참을 고례에게서 눈을 떼지 못했다. 그런 도령 앞에서 고례는 양 볼이 상기된 채 고개를 더 깊숙이 떨어뜨렸다. 자신의 큰 몸뚱이를 보고도 비난하거나 멸시하지 않고 스스럼없이 대해 주는 도령이 낯설고도 고마웠다. 더구나 지체 높으신 양반 댁 도령이라니. 고례는 지금 꿈을 꾸고 있는 건 아닌지 가만히 팔뚝을 꼬집어 보았다. 아얏, 꿈이 아니었다!

"휴우, 자네 덕에 변고는 면했지만 큰일이네. 귀한 걸 잃어버렸으니."

도령은 무심히 흘러가는 물길을 바라보며 한숨을 내쉬었다. 도령의 깊은 한숨에 고례도 그만 가슴이 철렁했다. 그 보따리에 뭐가 들었기에 저토록 안타까워하는지 고례는 도령에게 꼭 그 보따리를 찾아 주고 싶었다.

"이 마을에 산다 하니 부탁 하나 해도 되겠는가?"

고례는 그 말이 무척 반가웠다.

"예, 무엇이든 말씀만 하십시오."

"혹시, 유 의원을 아는가?"

"예, 알다마다요. 그리로 모셔다 드릴까요?"

고례는 도령의 다리를 싸맨 헝겊에 핏물이 배어 나오는 것을 보고 얼른 대답했다.

"이 상처 때문이 아닐세. 오늘 그곳에서 벗들을 만나기로 했다네. 그런데 이런 사고가 생겼으니…… 자네가 빠른 걸음으로 가서 사정을 좀 전해 주게, 걱정들 할 테니."

"예, 그리하겠습니다."

그러나 고례는 얼른 발길을 떼지 못하고 미적거렸다. 이대로 가면 다시는 도령을 볼 수 없을 것이다.

"그렇게만 전하면 되는지요. 다른 말씀은……."

"그분이 알아서 할 걸세."

이상했다. 시골 약방 의원일 뿐인 유 의원에게 왜 양반 도령이 '그분'이라고 깍듯이 존칭을 하는지.

고례가 미적거리며 발길을 돌리려는데 도령이 불러 세웠다.

"이보게, 내 자네에게 사례를 해야 하는데 보다시피 이런 사정이니 이해해 주게. 혹여 자네가 그 보따리를 찾게 되면…… 나를 찾아와 주겠는가?"

"예, 제가 꼭 찾아 드리겠습니다."

고례는 기다렸다는 듯이 큰 소리로 대답했다.

"그럼 부탁하겠네. 유 의원을 통하면 내게 연통할 수 있을 걸세."

"그런데, 어디에 사시는…… 뉘신지?"

고례는 궁금했지만 감히 물을 수 없었던 것을 용기를 내어 물었다.

"저, 저런 어디 감히 도련님의 함자를?"

옆에서 허리 때문에 끙끙대던 노복이 가당찮다는 듯 고함을 질렀다.

도령이 다시 손을 내저으며 노복을 향해 고개를 두어 차
례 끄덕였다.

"흠흠, 이분은 한양 북촌 명문가 김씨 집안의 자제분으로
옥자 윤자를 쓰신다."

'김·옥·윤.'

고례는 '김옥윤'이라는 이름 석 자를 가슴에 새겨 넣었다.
그러고는 곧장 마을을 향해 바람처럼 내달렸다. 달리면서
속으로 수백 번도 더 그 이름을 되뇌었다.

'김옥윤, 김옥윤…… 저분은 어느 양반네하곤 달라. 나한
테 눈곱만큼도 함부로 대하지 않았어. 날 싫어하지 않는 거
야.'

고례의 가슴은 알 수 없는 설렘으로 터질 것 같았다.

마을로 들어서자 저만치 유 의원 약방이 보이기 시작했
다. 산에서부터 한 번도 쉬지 않고 달려왔더니 숨이 턱에 닿
았다. 사람들이 놀라 쳐다보았으나 상관없었다.

"의원 어른! 의원 어른!"

다급한 목소리에 방문이 벌컥 열렸다.

"무슨 일이냐?"

방 안에는 여러 명의 젊은 양반들이 모여 있었다.

"옥자 윤자를 쓰시는 도련님께서…… 헉헉."

방 안의 얼굴들이 일제히 고례를 쳐다보았다. 놀라는 표정들이 역력했다.

"뭐라고? 공에게 무슨 일이라도 생겼더냐?"

유 의원이 놀라 물었다. 고례는 헉헉거리며 조금 전에 일어났던 일을 낱낱이 아뢰었다.

"내 불찰이오. 비 온 뒤라 계곡이 위험하다는 걸 깜박했소."

유 의원이 방 안의 사람들을 향해 걱정스레 말했다.

"그래도 그만하길 천만다행이오."

"지세의(地勢儀)를 잃어버렸나 봅니다."

누군가의 말에 방 안에 있는 사람들이 두런거렸다.

'지세의?'

도련님이 잃어버린 보따리 속에 있는 것이 '지세의'인가 보았다. 그것이 대체 어떻게 생겼으며 무엇에 쓰이는지는 알 수 없지만 이름이라도 들을 수 있어서 고례는 무척 다행이라 생각했다.

"네가 수고했구나. 그런데? 아, 아니다. 그만 가 보거라."

"네, 그럼."

유 의원은 고례를 염려스러운 눈빛으로 바라보았다. 방

안의 젊은 양반들도 같은 눈빛이었다. 왠지 약방 안에는 은밀한 분위기가 감돌았다.

약방을 나오자 그제야 등 뒤의 빈 지게가 느껴졌다.

'앗, 김 초시 댁에 나뭇짐 들여가야 하는데!'

하늘을 보니 해가 서산 위에 한 뼘 정도밖에 남아 있지 않았다. 다시 나무를 하러 가기에는 시간이 애매했다. 하는 수 없이 고례는 집 쪽으로 발길을 돌렸다. 아버지의 성난 얼굴이 눈앞에 어른거렸다. 그러나 웬일인지 두렵지만은 않았다. 뭔가 뿌듯하고 자랑스런 마음으로 설레었다.

고례는 빈 지게를 진 채 사립문 밖에서 한참을 서성거렸다. 벌써 땅거미가 내려 마당은 어스레했다. 이대로 들어갔다간 아버지한테 지겟작대기로 두들겨 맞을 것이다. 나무를 해 오지 못한 이유를 대야겠지만, 고례는 아무것도 말하지 않겠다고 마음먹었다. 그냥 혼자 비밀로 간직하고 싶었다. 하긴 사실을 말해도 아버지는 믿으려고 하지 않을 것이다.

"거기, 고례냐?"

장광(장독대) 쪽에서 엄마의 목소리가 튀어나왔다.

"어, 엄마!"

엄마는 아버지 몰래 장광 뒤에 숨어 고례를 기다린 모양이었다. 그때 방문이 확 열렸다.

"아니, 어디서 뭘 하다 왔기에 빈 지게여? 초시 댁에서 사람을 몇 번이나 보낸 줄 알어? 저 화상을 그냥⋯⋯."

등잔불을 등진 아버지는 검은 산 같았다.

"⋯⋯."

"아까 궁에서 데리러 왔을 때 확 데려가 버리라 할 것을. 저 여편네가 늘 사단이여, 사단! 넬이라도 당장 궁으로 보내 버렷!"

'궁으로 보내다니?'

아버지가 화를 내리라는 건 벌써 각오하고 있었다. 아니 매 맞을 각오도 단단히 했다. 하지만 궁으로 보내 버린다는 말은 처음 듣는 소리였다. 고례는 엄마를 쳐다봤다.

"에구, 불쌍한 것. 다 내 잘못이여. 차라리 그때⋯⋯."

엄마는 더러운 옷소매로 눈물을 훔치다 코를 풀다 했다.

"흑흑, 모진 목숨을 어이 이어 갈 꺼나. 어이 살아갈꼬! 불쌍한 것, 차라리 이 에미랑 죽어 버리자!"

엄마는 고례의 등을 끌어안으며 꺼이꺼이 울었다.

'엄마, 왜 그래요?'

뭔가 알 수 없는 두려움에 말이 나오질 않았다.

"다 지 팔자고 운명이야!"

"에그, 모질고 독한 사람, 그래도 어떻게든 시간을 끌다 보면……."

"쓸데없는 생각 말어! 그러다 남은 식구들까지 생죽음 당할 테니."

고례는 도대체 엄마 아버지가 무슨 말을 하는지 하나도 알아들을 수가 없었다. 분명한 건 둘 다 자신에 대한 이야기를 하고 있다는 것이었다.

"엄마, 왜 궁에서 날 데리러 와?"

고례는 자신의 목소리가 떨리는 걸 느꼈다.

"오늘 관아에서 사람이 다녀갔다. 석 달 후에 궁에서 너를 데리러 온다는구나. 그날은…… 네가 꼭 열세 살이 되는 날이란다. 에구 그 험한 꼴을 어찌 다 받아 낼꼬! 액막이가 웬 말이냐, 흑흑흑…… 다음 생엔 못난 어미 말고, 꼭 높고 귀한 집에서 태어나거라."

울음 반 넋두리 반으로 시작된 엄마의 이야기는 밤이 늦도록 끝날 줄 몰랐다. 아버지는 큰 산처럼 돌아앉아 큼큼 담뱃대만 빨아 댔다.

"엄마, 나 궁궐에 보내지 마. 응? 아버지, 잘못했어요. 이젠 나무도 더 많이 해 오고 밥도 조금씩만 먹을게요. 제발 집에서 살게 해 주세요."

고례는 가녀린 엄마의 품속으로 파고들었다가 돌아앉은 아버지 등 뒤에서 두 손을 맞잡고 애원도 했다. 그러나 엄마도 아버지도 달리 해 줄 말이 없었다. 고례는 어깨를 들썩이며 으헝으헝 울었다.

엄마는 새벽녘이 다 되어 잠이 들었다. 그러나 고례는 온몸의 신경이 깨어 잠이 오지 않았다. 이게 다 무슨 소리인가. 고래아이, 액막이, 돌팔매, 이런 말들이 가슴속에서 소용돌이를 쳤다. 두 주먹이 저절로 불끈 쥐어졌다.

'액막이라니, 어떻게 사람을 액막이로 쓴단 말인가!'

작년 봄엔가 고례는 김 초시 댁에 나뭇짐을 부리러 갔다가 액막이굿을 본 적이 있다. 그때의 광경이 떠오르자 온몸에 소름이 쫙 돋았다.

김 초시 댁 안주인 마님은 몇 년째 시름시름 앓아누워 있었다. 별별 약을 다 써 보았지만 차도가 없었다. 의원들은 시원스레 병명을 말해 주지 못했다. 그러자 사람들은 병들어 죽은 악귀가 달라붙어 그런다고 뒤에서 쑥덕거렸다. 양반 체면에 굿은 못 한다고 손을 내젓던 초시 어른도 마음이 흔들렸나 보았다.

굿 제단에는 갖가지 음식이 높다랗게 쌓여 있었다. 제단 옆에는 닭 한 마리가 상다리에 묶여 있었다. 액막이 닭이라

했다. 닭은 무슨 눈치라도 챘는지 눈알을 데굴거리며 꾸구구 바동거렸다. 고례는 나쁜 귀신을 잡는 신령님은 산 닭을 좋아하는 모양이라 생각하며 굿을 구경했다.

칼춤을 추며 방방 뛰던 당골네가 바가지에 쌀을 가득 채우더니 치마폭을 뒤집어쓰고 앉아 있는 환자에게 뿌려 댔다. 그러고는 앙칼진 목소리로 말했다.

"배고픈 악귀는 주는 밥 많이 먹고 훌쩍 물러가라~ 대칼로 목을 뎅강 베어 던져 버리기 전에 썩 물렀거라."

주문을 외던 당골네는 커다란 식칼 두 개를 들고 펄쩍펄쩍 날뛰었다. 그러더니 칼로 집 안에 있는 나쁜 액을 모두 거두는 시늉을 했다. 당골네는 긁어모은 횡액을 액막이 닭에게 씌웠다. 목을 움추린 액막이 닭이 꼬곡꼬곡 앓는 소리를 냈다. 당골네는 순식간에 칼로 닭 모가지를 내리쳤다.

꼬곡!

단말마와 함께 닭은 픽 쓰러졌다. 고례의 입에서 '으윽' 신음 소리가 터져 나왔다. 구경하는 사람들도 눈을 질끈 감고 몸서리를 쳤다.

"영험하신 신령님, 이 집 대주 자자손손 무병장수케 하옵시고……."

당골네는 단칼에 베어진 닭 모가지를 들어 보이며 나쁜

귀신들이 물러갔다고 말했다.

그때의 기억이 떠올라 고례는 몸을 부르르 떨었다.

창호 문에 어리는 여명을 보고 고례는 몸을 일으켰다. 몸에 밴 습관이었다. 고례는 지게를 둘러메고 집을 나섰다. 나무하러 갈 생각은 없었다. 그냥 집에 있기가 무서워서 도망치듯 나왔을 뿐이다.

고례는 개울 쪽으로 갔다. 도련님이 빠졌던 계곡으로부터 한참 아래쪽이었다. 밤사이 물이 많이 줄어 있었다. 다들 나무하러 산으로 가니까 개울 쪽은 사람 발길이 뜸했다. 혼자 있기에 맞춤했다.

고례는 개울가에 웅크리고 앉아 해가 떠오르는 걸 보았다. 세상이 눈부셨다. 석 달 후면 궁궐 액막이로 가야 하는 자신의 운명과는 상관없이 찬란하게 빛나고 있었다. 정말 엄마 말처럼 아무런 방법이 없는 것일까.

개울물도 무심하게 제 길만 흘러갈 뿐이었다. 고례는 물에 비친 자신의 모습에 화가 나 마른풀을 쥐어뜯어 물 위에 뿌렸다. 왜 이런 모습으로 세상에 태어났는지 서럽고 억울했다. 엄마가 원망스러웠다. 차라리…… 차라리 그때, 관아 사람에게 내줘 버렸으면 좋았을걸. 주르르륵, 눈물이 볼을 타고 흘러내렸다.

그때였다. 건너편에서 새 한 마리가 포르르, 날아올랐다. 어디든 가고 싶은 곳으로 갈 수 있는 새가 부러워 고레는 무심히 새를 바라보았다. 날아오른 자리에서 물풀들이 바르르 떨었다. 어, 그런데? 흔들리는 물풀 사이로 무엇인가 언뜻 보였다. 고레는 옷소매로 눈물을 훔치고 다시 자세히 바라보았다.

보따리였다!

고레는 벌떡 일어나 첨벙첨벙 개울을 건너갔다. 도련님이 잃어버린 게 틀림없는 청색 보따리가 물풀에 걸려 있었다.

"여기 있었구나!"

고레는 마치 잃어버린 제 물건을 찾기라도 한 듯 반갑게 소리쳤다.

'자네가 그 보따리를 좀 찾아 줄 수 있겠는가?'

도련님의 목소리가 아직 귀에 생생했다.

도련님은 왜 목숨이 위태로운 상황에서도 이걸 놓지 않으려고 했을까? 고레는 보따리를 가슴에 꼭 끌어안았다. 둥그스름한 부피감이 느껴졌다.

지세의? 유 의원 댁에서 들었던 말이 생각나 고레는 입가에 희미한 미소를 지었다. 이름을 알고 있으니 어떤 것인지 몹시 궁금해졌다. 몇 번 멈칫거리다 보자기 매듭을 풀었다.

"에그머니나, 참 요상하게도 생겼네!"

지세의는 쇠꼬챙이로 관통한 공을 둥근 틀 안에 걸어 놓은 모양새였다. 공은 쇠꼬챙이를 축으로 삼아 빙빙 돌았다. 공의 표면에는 알 수 없는 조각 그림들이 펼쳐져 있었다. 아니, 그림이라기보다는 어떤 공간을 잘게 쪼개어 펼쳐 놓은 것 같았다. 아무리 봐도 고례의 눈엔 귀한 보물처럼 보이지 않았다. 이런 게 왜 도련님한테는 목숨처럼 소중할까?

고례는 몇 번이고 지세의를 빙그르르 돌려 보았다.

'그래, 도련님을 찾아가 보자. 이걸 가져다주면, 어쩌면 도련님이 날 도와줄지도 몰라.'

한양으로

꼬끼요오오오.

드디어 첫닭이 목청을 늘여 뺐다. 고레는 살그머니 이불
을 빠져나왔다. 곁에서 엄마가 끄응, 앓는 소리를 내며 몸을
뒤척였다. 고레는 얼른 납작 엎드리고 숨을 죽였다. 엄마는
꿈속에서도 힘이 드는지 미간을 찡그리고 있었다. 고레는
가만히 엄마의 손을 만져 보았다. 나무껍질처럼 꺼끌꺼끌했
다. 날마다 양반 댁 빨래를 해 대느라 불어 터진 손이었다.

'엄마, 미안해. 난 액막이가 되고 싶지 않아. 도련님께 부
탁해 볼게. 그분은 다른 양반들과 달라. 좋은 분이니까 어쩌
면 도와줄지도 몰라.'

고레는 흐르는 눈물을 소매로 쓱 닦고 살그머니 방문을
열었다. 삐그덕, 소리가 유난히 크게 났다. 엄마를 돌아보았

다. 다행히 깨지 않았다. 고례는 뒤꿈치를 들고 경중경중 걸어 정지 뒤쪽으로 갔다. 깨진 항아리 속에 숨겨 둔 보따리를 꺼냈다. 살강 구석에 둘둘 말아 놓은 종이뭉치도 꺼냈다. 미투리 두 켤레와 갈아입을 옷 한 벌, 찐 감자 몇 알이었다.

고례는 발소리를 죽여 어두운 담장 밑을 따라 걸었다. 개들을 조심해야 했다. 한 마리가 짖기 시작하면 온 동네 개가 다 따라 짖는다.

동네를 다 빠져나올 때쯤 여명이 밝아 오기 시작했다. 벌써 어디선가 부지런한 사람의 기침 소리가 들려왔다. 고례는 걸음을 재촉했다.

'도련님이 사는 한양 북촌까지는 얼마나 멀까?'

김, 옥, 윤. 고례는 다시 한 번 입속으로 도련님 이름을 되뇌어 보았다.

한참을 걷다 보니 '뱅뱅삼거리'에 도착했다. 이곳은 인근 세 마을과 한양 길로 갈리는 길목이며 오래된 느티나무 세 그루가 서 있다. 수백 년 묵은 이 나무들은 세 마을을 지키는 수호신이다. 옛날에 마을에서 소를 훔쳐 달아나던 어떤 도둑이 밤새 도망을 쳤는데, 이 느티나무 주위만 뱅뱅 돌다가 잡혔다고 한다. 그 후 사람들은 이곳을 뱅뱅삼거리라 부른다. 여기서 한양 길로 쭉 가면 될 것이다.

무너미골은 한양과 그리 멀리 떨어진 곳이 아니라던 말복이 아버지의 말이 떠올랐다. 말복이 아버지는 한 달에 두어 번 한양에 다녀오곤 했다. 그곳에 있는 국밥집에 고기를 댄다고 했다. 그래서 말복이 아버지가 한양에서 돌아오는 날이면 마을 아저씨들은 말복이네로 모여들었다. 말복이 아버지는 마을 밖 소식을 전하는 동네 소식통이었다. 그때마다 고례도 옆집에서 들려오는 이야기를 주워듣곤 했었다.

"거기서부터 바지런히 걸으면 하루 반나절이면 한양 땅에 닿지."

거기? 거기가 어디지? 고례는 잠시 걸음을 멈추고 주위를 둘러보았다. 개울을 몇 개나 건너고 들녘을 가로질러 한참을 걸었다. 눈앞에 높은 산이 턱 버티고 있었다. 산은 초입부터 가파르고 나무가 우거져 약간 어둡게 느껴졌다. 이곳이 말복이 아버지가 말했던 그 산인가 보았다.

"그 산길은 한양 가는 길로는 제일 빠른 길인디, 대낮에도 혼자 걷기엔 한기가 느껴지곤 하지."

"아니 왜?"

"옛날부터 산세가 워낙 험해서 호랑이가 자주 나타났다지. 언젠가 과거를 보러 가던 선비가 친구와 함께 산을 넘는데, 금방까지 얘기를 나누며 뒤따르던 친구가 대답이 없어 돌아보니 사라져 버렸더래. 그러다 한참 만에 산 중턱에서 찾았는데, 이미 호식을 당한 뒤였대. 아주 험한 꼴로 말이여. 그런 일이 한두 번이 아니었다는구먼. 그래서 사람들은 그 산을 넘으려면 몇 명씩 모여서 넘곤 했대. 양손에는 돌을 쥐고서 말이지."

"허? 설마 돌멩이로 호랑이를 잡겠다는 것인감?"

말복이 아버지 얘기를 듣고 있던 누군가가 어이없다는 듯 말을 잘랐다.

"이 사람아, 잔뜩 무서우면 갓난아기도 의지가 되는 법이여."

또 다른 누군가가 응수를 했다.

"암튼, 사람들은 무사히 산을 내려가면 가지고 간 돌을 내려놨는디, 그 돌들이 쌓여 담을 이루었지. 거기가 '사무락다무락'이여. 그곳에서부터 하루 반나절이면 한양 땅에 닿는다는 말이지."

'사무락다무락?'

고례의 눈빛이 빛났다.

'돌 무더기를 찾아야 한다. 거기서부터 한양 길이 하루 반나절?'

산길은 으스스했다. 고례 가슴이 방망이질했다. 매일 산에 나무하러 다녔지만 무너미골 뒷산하곤 달랐다. 여기선 고함을 질러도 소리가 숲을 뚫고 나가지 못할 것 같았다. 그만큼 나무가 빽빽했다. 커다란 나무들이 만들어 놓은 어스름은 으스스한 분위기를 자아냈다. 금방이라도 뭔가 튀어나올 것만 같았다. 이따금 탁, 툭, 하는 소리에 고례는 기겁을 하며 걸음을 멈췄다. 누군가 뒤따라오는 것만 같았다. 뒤통수가 뻣뻣해져 고개를 돌릴 수도 없었다. 고례는 땅만 보고 정신없이 걸었다. 등에서 진땀이 흘러내렸다. 그때 뭔가 우뚝 앞을 가로막았다!

"으악!"

넘어지려다 간신히 뭔가를 붙들었다. 고사한 나무둥치가 길 한가운데 있었다.

'휴우, 올라올 때 돌이라도 가져올걸.'

고례는 죽어라 걸음을 재촉했다. 숨이 턱에 닿았다. 어느 순간 하늘이 보이는가 싶더니 산꼭대기였다. 고례는 얼른 널찍한 바위를 찾아 주저앉았다. 온몸이 부들부들 떨렸다.

발아래를 내려다보니 첩첩 산들이 펼쳐 있다. 세상은 온통 산 너머 산이었다. 산과 산 사이에는 자그마한 마을들이 아기처럼 안겨 있었다. 고례는 문득 엄마 생각이 났다. 엄마는 고례가 한양으로 떠난 줄도 모르고 있을 것이다. 나무하러 갔다고 생각할 것이다. 갑자기 코끝이 싸해지더니 눈물이 핑 돌았다. 엄마를 다시 볼 수 있을까? 고례는 엉덩이를 털고 일어섰다.

'한시라도 빨리 도련님을 만나야 해.'

고례는 산 아래로 난 길을 따라 힘차게 뛰어 내려갔다.

"아, 저게 사무락다무락이구나."

한참을 내려가니 저만치 수북한 돌무더기가 보였다. 그제야 고례는 안도의 한숨을 내쉬었다. 한양 길이 눈앞에 보이는 듯했다.

한양 큰 거리에는 사람이 아주 많았다. 흰 도포를 입은 양반들과 남루한 차림의 가난한 사람들이 섞여 바쁘게 오가고 있었다. 고례는 보따리에 얼굴을 반쯤 묻고 걸었다. 사람들이 자기를 쳐다볼까 두려웠다. 그러나 다들 제 갈 길만 부지런히 가느라 아무도 고례에게 눈길을 주지 않았다. 편했지만 낯선 풍경이었다.

무너미골에서는 낯선 사람이 왔다 하면 금세 온 동네에 소문이 쫙 퍼져 어른 아이 할 것 없이 고개를 빼 들고 구경했다. 그런데 한양에선 오히려 고례가 또래 여자애들을 구경하느라 고개를 빼 들었다. 울긋불긋 치마저고리에 하얀 버선을 신은 여자애들의 자태가 참 고왔다. 고례는 닳은 미투리 속의 퉁퉁 부은 발을 저도 모르게 내려다보았다.

"쉬이, 물렀거라. 대감님 행차시다!"

갑자기 저만치서 큰 소리가 들려왔다. 그러자 순식간에 길 가던 사람들이 옆으로 비켜나 바닥에 엎드렸다. 고례는 무서운 짐승이라도 나타났나 싶어 두리번거렸다. 그때 광주리를 이고 가던 한 아주머니가 급하게 엎드리다 광주리를 쏟았다. 사과가 데구르르 사방으로 흩어졌다. 아주머니의 얼굴이 울상이 되었다. 고례는 사과를 주우러 이리저리 뛰어다녔다.

"쉬이, 대감님 행차시다. 길을 비켜라!"

앞에서 가마 한 대가 다가오고 있었다. 위에는 늙수그레한 양반 할아버지가 올라앉아 있었다. 고례는 어안이 벙벙해졌다.

"어떤 무례한 놈이냐? 냉큼 엎드리지 못할까?"

행차를 알리던 남자가 말똥말똥 서 있는 고례를 향해 몽둥이를 높이 쳐들고 달려왔다.

그때였다. 누군가 뒤에서 고례의 등을 사정없이 덮쳐눌렀다. 고례는 앞으로 푹 고꾸라졌다. 바닥에 얼굴이 눌렸다. 눈앞에서 사과들이 말발굽에 짓이겨졌다.

"너 죽으려고 환장했어?"

누군가 고례의 어깨를 거세게 흔들었다. 그제야 정신을 차린 고례는 눈앞에 선 사람을 보고 눈이 튀어나올 뻔했다.

"너, 너는?"

고례는 눈을 질끈 감았다 떴다. 다시 한 번. 또 한 번.

"놀라야 할 사람은 나야. 나무나 하고 있을 곰탱이가 한양엔 웬일이냐?"

고례는 아직도 눈앞에 서 있는 말복이가 사람인지 귀신인지 분간이 안 갔다. 가만히 옆구리를 꼬집은 다음에야 정신이 들었다.

"말복이 네가 여길 어떻게? 나 따라온 거야?"

혹시 자신이 가출한 걸 알고 아버지가 발 빠른 말복이를 붙였나 싶었다.

"뭐? 햐, 웃기네. 내가 왜 너를 따라와?"

말투로 보아 거짓말은 아닌 것 같았다.

"너야말로 한양 땅엔 웬일이냐? 나야 울 아버지가 다리를 다쳐서 아버지 대신 고기 갖다 주러 왔지만. 그건 그렇고 뭔 배짱으로 양반 나리 행차하는데 고개를 빳빳이 들고 섰냐?"

"무너미골에선 저러지 않았는데."

"그거야 무너미골엔 지체 높은 양반이 없으니까 그렇지!"

아는 사람 하나 없는 이곳에서 그나마 아는 얼굴을 만나서일까, 말복이가 반가웠다. 더구나 말복이가 아니었으면 큰 곤욕을 치를 뻔했다. 말복이에게 도움을 받을 일이 있을 거라곤 상상도 못 했다.

그러나 여기서 저 악동을 만났으니 이제 집에서 알게 되는 건 시간문제였다.

"집에 가는 길이야?"

고례는 어떻게든 말복이의 입을 막아야 했다.

"아니, 국밥집 할아버지가 집에 안 계셔서 기다리는 중이야. 근데 넌 느닷없이 한양엔 왜 온 거냐? 그건 뭐야?"

말복이가 고례의 보따리를 자꾸 힐끔거리더니 물었다.

말복이

"말복아, 너 북촌이 어딘 줄 알아?"

고레는 어서 빨리 도련님을 만나고 싶어서 말복이에게 물었다.

"몰라, 북촌은 왜?"

말복이가 뜨악한 얼굴로 되묻자 고레는 대답 대신 보따리를 매만졌다. 나중엔 말복이도 모든 것을 알게 되겠지만 지금은 그 이유를 말해 줄 수 없었다.

"으응, 아냐. 넌 몰라도 돼."

고레는 보따리를 멘 끈을 바투 잡고 말복이의 눈길을 피해 돌아섰다. 말복이는 의심스런 눈빛으로 보따리를 뚫어지게 바라보았다.

그때였다. 저만치 골목 모퉁이에서 여자 울음소리가 들려왔다. 곧이어 꺽꺽거리는 남자 울음소리도 들려왔다. 애써 참으려다 터져 나오는 어른 울음소리였다. 그 소리가 너무 애절해서 둘은 저절로 귀가 그쪽으로 열렸다.

'무슨 일이지? 누가 대낮에 저렇게 우는 걸까?'

둘은 눈빛으로 물으며 그쪽으로 다가갔다.

"으흑흑. 동이 아부지, 꼭 가야겠어요?"

"울지 마. 내가 어디 못 갈 데 가는가? 밀린 요미(관아의 벼슬아치 밑에서 일하는 이들에게 급료로 주는 쌀)를 달라는데 지들이 설마 죽이기야 하겠어? 내 걱정 말고 동이랑 집에 가 기다리고 있어. 오늘은 뭔 일이 있어도 요미를 받아 낼 테니까. 다들 단단히 맘 묶었으니 어쨌든지 결판이 날 거구먼."

봉두난발에 낡고 꾀죄죄한 군복을 입은 사내와 얼굴이 누렇게 뜬 아낙이었다. 아낙의 등엔 세 살쯤 되어 보이는 아이가 아비와 어미를 아득히 쳐다보고 있었다. 고개가 옆으로 곧 꺾어질 듯 힘들어 보였다.

"동이야, 아부지가 꼭 요미를 받아올 테니 조금만 기다려라. 목숨 줄 놓지 말고."

봉두난발이 터지려는 울음을 옷소매로 틀어막았다.

"어여 가!"

떠미는 봉두난발을 돌아보며 아낙은 절규하듯 말했다.

"저번에도 모래 섞인 거 몇 되 주고 말았는데, 찾아가서 따진다고 그들이 요미를 줄지…… 그러다 당신이 잘못되기라도 하면 우리도 죽은 목숨인 줄이나 아시오. 으흑흑."

고례와 말복이는 숨을 죽이고 이 뜻밖의 광경을 망연히 보고 있었다.

"저 사람들 왜 저러는 거지?"

고례는 저도 모르게 흘러내린 눈물을 소매로 닦으며 말복이에게 물었다.

"어제도 화난 구식 군졸들이 저쪽으로 몰려가는 걸 봤어. 밀린 요미 달라고."

"왜 안 주는 건데? 당연히 받아야 하는 거 아냐?"

"웬걸, 몰려간 군졸들 모두 매 맞고 감옥에 갇혔다더라. 그런데 오늘 또 가려나 보네."

"밀린 요미 달라는 게 잘못이야? 왜 때리고 감옥에 가둬?"

고례는 이해가 안 갔다. 일해 주고 그 삯을 받는 건 당연하다. 무너미골에서는 그랬다. 자신이 김 초시 댁과 허 생원 댁에 나무를 해다 주면 그 삯으로 엄마가 양식을 받아 오곤 했다.

"그야 뻔하지. 양반들이 군졸들 급료를 떼먹으려고 그런 거겠지. 에이, 치사하다 치사해!"

말복이는 더러운 것을 머금기라도 한 것처럼 침을 퉤, 뱉었다. 도련님이 살고 있는 한양은 좋은 곳인 줄만 알았는데 그렇지만도 않은 것 같았다. 고례는 갑자기 시무룩해졌다.

그때였다. 갑자기 큰길 쪽에서 장정 몇이 뛰어왔다.

"웬 작당들이냐? 수상하다. 모두 잡아랏!"

느닷없이 달려든 장정들은 신식 군복을 입고 있었다.

"앗, 별기군이닷!"

봉두난발 사내가 놀라 소리쳤다. 장정들은 순식간에 봉두난발 사내와 말복이의 팔을 잡아 꺾었다.

"왜들 이러시오, 내가 뭘 잘못했다고!"

봉두난발은 발버둥 쳤지만 억센 그들의 팔 힘을 당해 낼 재간이 없었다. 말복이도 펄펄 뛰었지만 역시 힘센 장정들 앞에선 아이에 불과했다. 둘은 순식간에 오랏줄에 묶여 버렸다.

"난 그냥 지나가던 참이라고요. 이거 풀어 주세요!"

말복이가 아무리 말해도 그들은 아랑곳하지 않았다.

"아저씨, 난 저 애랑 무너미골에 살아요. 심부름으로 한양에 온 거예요. 쟤한테 물어보세요. 야, 곰탱아 말 좀 해 줘."

말복이가 고례에게 다급하게 소리 질렀다. 잔뜩 겁먹은 눈빛이었다.

말복이 말에 그들의 시선이 고례에게 향했다. 그들은 고
례의 위아래를 훑어보더니 고개를 갸우뚱했다. 계집이야,
사내야? 하는 눈빛이었다. 고례는 목을 움츠렸다. 그런데 그
들 중 한 사람이 고례의 등에서 보따리를 잽싸게 낚아챘다.

"이건 뭐야?"

"앗, 안 돼요."

고례는 보따리를 잡고 늘어졌다. 남자는 의심스럽다는 듯
눈을 가늘게 뜨고 말했다.

"홍, 수상한데. 이 속에 뭐가 들었는지 봐야겠어."

남자가 보따리를 확, 잡아당기자 고례는 얼결에 남자를
세게 밀쳐냈다. 남자가 저만치 나동그라졌다. 넘어진 남자
가 눈알을 부라리며 일어나 다시 달려들었다. 또 밀어냈다.
더 멀리 나가떨어졌다.

"뭐해, 빨리 잡지 않고?"

나동그라진 남자가 어이없다는 듯 이 광경을 바라보고 선
다른 별기군들에게 소리쳤다. 그러자 세 명이 함께 달려들
었다.

"안 돼요, 이건 절대 안 돼요!"

고례는 달려드는 장정들을 잡히는 대로 메다꽂았다. 어른
남자들이 낙엽처럼 나가떨어졌다. 그러나 그들은 신음을 하

면서도 몇 번이나 다시 달려들었다. 그러는 과정에서 고례도 그들이 휘두른 방망이에 많이 얻어맞았다. 이마에서 피가 흘러내렸다. 그렇게 몇 번을 뒤엉키고 나니 별기군들은 더 이상 일어나지 못했다.

믿지 못할 광경에 말복이와 군졸 부부도 벌어진 입을 다물지 못했다. 고례는 보따리를 다시 야무지게 멨다.

"어, 어서, 도, 도망가!"

봉두난발은 말복이와 고례에게 손짓하더니 아낙을 끌고 허둥지둥 자리를 떴다. 그제야 말복이도 고례의 팔을 잡아 끌고 부랴부랴 골목길을 내달렸다.

"휴, 큰일 났네. 큰일 났어!"

골목길은 두 사람이 나란히 뛰기에는 너무 비좁았다. 그래서 말복이가 앞서고 고례는 그 뒤를 따라 달렸다. 골목길은 끝없이 이어졌다. 저기가 끝인가 싶으면 모퉁이를 꺾어 돌며 다시 이어졌다. 그렇게 한참을 달리더니 말복이가 달음질을 멈추었다. 이만하면 별기군들이 따라잡지 못할 거라는 생각이 들었다. 둘 다 숨이 턱에 닿았다.

"후아 후아! 이제 이 일을 어떡하냐? 군졸을 때려눕혔으니 무사하지 못할 거야. 넌 그까짓 게 뭐라고, 그냥 보여 주고 말지."

말복이는 뜬금없이 도망자 신세가 된 것이 억울해서 투덜댔다.

"학학, 이건 절대 안 돼! 그리고 너도 잡혀갈 뻔했잖아."

"그거야 난 죄가 없으니까 잡혀가도 곧 풀려나겠지."

"퍽이나 그랬겠다. 아까 그 부부 이야기를 듣고도 그런 말이 나오냐?"

"휴, 어쨌든 큰일 났어. 다른 사람도 아니고 별기군을 때려 눕혔으니. 그치들 눈에 불을 켜고 우릴 잡으려 들 거야."

말복이 말을 듣고 보니 그제야 고례는 사태 파악이 되었다. 일이 이상하게 꼬였다.

"내 보따리를 빼앗으려고 하니까······."

약간 미안한 생각이 들어 고례는 기어들어가는 목소리로 말했다.

"그게 뭔데 그 난리냐?"

말복이 말대로 보따리를 그냥 보여 줬더라면 별일 없었을까, 아니다. 고례는 도리질을 했다. 그렇게 아무에게나 막 보여 줄 수 있는 거라면 왜 젊은 양반들이 의원댁에 은밀히 모였겠는가.

"근데 너 아까 대단하더라! 웬 힘이 그렇게 장사냐? 하긴 나뭇짐 지는 거 보면 놀랄 일도 아니지만."

말복이가 고례를 보고 피식, 웃었다. 고례도 따라 웃었다. 자신도 어디서 그런 힘이 나왔는지 모를 일이었다.

그런데 참 이상한 일이었다. 그토록 자신을 못살게 굴던 망나니가 오늘은 전혀 다른 아이로 보였다. 못된 장난만 일삼던 무너미골 말복이가 아니었다. 아까 큰길에서 고례를 구해 주었을 때도 의외였지만 지금도 그랬다. 왜일까.

"여긴 '피마골'이야. 말을 피해 다니는 길이라는 뜻이래. 아까 큰길에서처럼 지체 높은 양반 나리들의 행차를 피해 다니는 길이지. 우리 아버지한테 들었어. 아버지가 고기를 대는 국밥집도 이 골목에 있거든."

"피마골?"

고례는 큰길에서 얼결에 사과 광주리를 이고 엎드리던 아낙이 떠올랐다. 사방으로 떼굴떼굴 흩어지던 사과들, 그걸 팔아 식구들의 한 끼 밥을 구하고자 했을지도 모르는데, 사과가 말발굽에 무참히 짓밟히던 큰길. 그 길을 피해 이 좁은 골목길로 들어선 사람들의 마음이 고례는 이해가 되었다.

피마골은 큰길 시전 행랑의 뒷골목이었다. 골목은 창자처럼 구불구불 이어졌다. 길 양편으로는 국밥집과 국숫집, 부침개집이 늘어서 있었다. 가게에서 풍겨 오는 맛난 냄새가 골목을 꽉 채우고 있었다. 시장기가 확, 몰려왔다.

갑자기 배에서 꼬르륵, 소리가 났다. 그러고 보니 고례는 밥 구경한 지가 이틀이나 되었다. 그동안 배고픈 것도 까먹고 있었다.

"너 굶었나 보구나! 뭘 좀 먹을래?"

말복이는 주위를 두리번거리더니 문이 열린 국밥집 쪽으로 고례의 옷소매를 잡아끌었다. 이 또한 무너미골에선 상상도 못 할 일이었다. 그러나 고례는 몹시 배가 고픈 만큼 도련님을 만나고 싶은 마음도 간절했다. 한가하게 밥이나 먹고 있을 짬이 없었다. 밥은 이 보따리를 도련님에게 전달한 다음에라도 먹을 수 있을 것이다.

"아니, 난 가 볼 데가 있어서."

"지금 어딜 가겠다는 거야? 별기군한테 잡히고 싶어?"

말복이가 양팔을 벌려 고례를 막아섰다. 골목길이 말복이 양팔 안에 다 들어찼다.

"가야 해, 이것을 북촌 도련님께……."

아차, 고례는 급히 제 입을 막았지만 이미 늦었다.

"북촌 도련님? 도대체 그 보따리에 뭐가 들었기에?"

순간 말복이 눈빛이 날카롭게 빛나는가 싶더니 순식간에 보따리를 낚아챘다.

"앗, 안 돼. 거기 서!"

말복이는 보따리를 채 들고 골목 저편으로 튀었다. 고례는 사력을 다해 말복이를 뒤쫓았지만 좁은 골목에서 뛰기가 쉽지 않았다. 겨우겨우 모퉁이까지 쫓아가면 말복이는 어느새 또 다른 모퉁이로 달아나고 있었다.

"으 나쁜 자식, 잡히기만 해 봐라."

고례는 잠시 동안이라도 말복이에게 고마움을 느꼈던 자신이 한심하게 느껴졌다. 쥐새끼처럼 빠른 말복이는 요리조리 잘도 빠져나가더니 어느 순간 눈앞에서 사라져 버렸다.

피마골은 그 길이 그 길 같아서 어디가 처음이고 어디가 끝인지 알 수도 없었다. 고례는 다리가 후들거리고 현기증이 났다. 입도 바싹 타들어 갔다. 더 이상 한걸음도 뗄 수가 없었다. 그때 담장도 없이 길가에 바로 방문이 나 있는 작은 마루가 눈에 들어왔다. 고례는 작은 마루에 풀썩 주저앉았다. 앉자마자 눈앞이 노래지더니 까무룩 잠이 몰려왔다.

'보따리, 보따리를 찾아야 하는데.'

고례는 감기는 눈꺼풀 사이로 보따리 같기도 하고 사람 얼굴 같기도 한 것이 어른거리는 것을 느끼며 잠 속으로 빠져들었다.

피마골 사람들

"어어 아으으 어으."

사람 소리인지 짐승 소리인지 분간할 수 없는 소리가 귓
가에서 들려왔다. 고례는 눈을 뜨려 애썼지만 눈꺼풀이 붙
어 버렸는지 눈이 떠지지 않았다. 눈꺼풀이 바윗덩이처럼
무거웠다. 한참 눈알을 굴린 다음에야 가까스로 눈꺼풀이
열렸다. 희끄무레한 창호 문이 보이자 고례는 벌떡 몸을 일
으켰다. 물 길러 갈 시간이었다. 그러나 그와 동시에 자신이
한양에 있다는 사실도 퍼뜩 떠올랐다.

"이제 정신이 좀 드나 보네."

낯선 목소리에 고개를 돌렸다. 웬 아주머니가 반가운 기
색으로 다가앉았다.

"누, 누구세요, 여긴 어디죠?"

고례는 놀라 주위를 둘러보았다. 어슴푸레한 불빛 속으로 보이는 허름하고 낡은 세간들이 낯익었다. 바짝 다가앉은 아주머니의 초라한 행색에 무너미골 엄마가 생각나 고례 가슴이 철렁했다. 그런데 그 옆에 작은 여자아이가 앉아 있었다. 아까 들었던 사람 소리인지 짐승 소리인지 모를 소리는 그 아이에게서 나오는 것이었다.

"아으 어어어."

고례는 놀라 그 아이를 바라보았다. 벙어리였다.

"우리 집 마루에 쓰러져 있기에…… 휴, 아무리 깨워도 정신을 못 차리더라고. 둘이서 방으로 옮기느라고 젖 먹던 힘까지 다 썼네. 다친 것 같진 않은데 왜 그리 몸을 놔 버리나 그래?"

그제야 고례는 자신이 어느 집 토방마루에 쓰러졌던 것이 생각났다.

"아, 잠깐 앉았다 간다는 게 그만. 죄송합니다."

"죄송은 무슨. 무슨 사연이 있나 보지."

아주머니는 외모에서 보이는 것처럼 정이 많고 따뜻한 사람 같았다. 그때 주책없이 배 속에서 꼬르륵 소리가 났다. 고례는 민망하여 재빨리 두 손으로 배를 감쌌으나 꼬르륵 소리는 막무가내로 비집고 새어 나왔다.

"에그, 탈탈 굶었나 보구먼. 근데 어쩌나, 줄 게 없으니."

아주머니가 미안해하는 기색으로 말했다.

"괘, 괜찮아요. 배고프지 않아요."

고례는 창피하기도 하고 염치가 없어서 허둥지둥 눈길을 돌렸다. 그러다 아주머니 곁에 매미처럼 달라붙어 있는 여자아이와 눈이 마주쳤다. 아이가 살짝 웃었다. 콧잔등에 주름이 잡히며 눈웃음을 치는 모습이 보기 좋았다. 아이의 콧등에 있는 깨알만 한 까만 점이 웃음 결을 따라 움직였다. 고례도 살짝 웃어 주었다.

"내 딸이라우. 근데 나이는 몇이우?"

아주머니가 여자아이의 머리를 쓰다듬으며 고례에게 물었다.

"말씀 놓으세요. 열세 살이구먼요."

"열세 살? 정말이야? 세상에나…… 쯧쯧, 사내였다면 힘자랑깨나 했겠네만."

아주머니는 측은한 눈빛으로 고례를 바라보았다. 고례는 얼른 고개를 수그렸다. 덩치 크고 힘센 여자아이에게 덕담을 건네는 사람은 없었다.

"어버 아으으 어으."

갑자기 여자아이가 손을 내저으며 어버버거렸다. 고례는

놀라 눈이 동그래졌다.

"힘센 건 좋은 거라고 말하고 싶은 모양이야. 말은 못 하지만 들을 줄은 알거든. 그러고 보니 열세 살이면 우리 덕이랑 동갑이네."

덕이라는 아이는 열 살 정도밖에 되어 보이지 않게 체구가 작았다. 그러나 자세히 보면 입매며 눈매가 여물어 보였다. 고례는 덕이가 동무였으면 좋겠다고 생각했지만 이내 생각을 접었다. 지금까지 한 번도 동무를 가져 본 적이 없기 때문이었다.

"그럼 전 이만 가 볼게요. 감사했습니다."

고례가 일어나려고 하자 아주머니가 붙잡았다. 덕이도 어버버거리며 고례의 옷깃을 잡아당겼다.

"보아하니 피마골 출신은 아닌 모양인데, 마땅히 갈 데 없으면 오늘은 여기 있어. 난 일하러 가 봐야 돼. 우리 덕이 혼자 있으니까 괜찮아. 돌아올 때 먹을 것 좀 가지고 올게."

하긴 나가도 당장 갈 데도 없었다. 말복이가 보따리를 가지고 달아났으니 빈손으로 도련님을 찾아갈 수도 없는 노릇이었다. 고례는 엉거주춤 다시 주저앉았다. 그러자 덕이가 빙그레 웃었다.

아주머니가 일하러 나가고 고례는 덕이와 둘이 남았다.

한동안 침묵이 흘렀다. 덕이가 말을 못하니 얘기를 나눌 수가 없었다. 어쩌다 눈이 마주치면 덕이는 그저 조용히 눈웃음을 보낼 뿐이었다.

"여기서 오래 살았어? 혹시 북촌이 어딘지 알아?"

고례는 자기도 모르게 덕이에게 묻고는 픽, 웃고 말았다. 벙어리 아이에게 말을 건넨들 답을 들을 수 없다는 걸 깜박했다. 그러는 고례를 바라보며 덕이는 어버버거리며 뭐라뭐라 말을 했지만 한마디도 알아들을 수 없었다. 자기 말을 못알아듣는다는 걸 알고 덕이는 이내 입을 다물었다.

고례는 이런저런 생각에 빠져들었다. 도련님이 사는 북촌은 여기서 얼마나 떨어진 곳일까. 말복이 녀석은 어디로 갔을까. 녀석이 보따리를 풀어 봤으면 어쩌지? 만약 지세의를 망가뜨리기라도 한다면? 그랬단 봐라 가만두지 않을 테니. 고례는 자기도 모르게 두 주먹을 불끈 쥐었다. 아직 한 번도 말복이를 때려 본 적은 없지만 이번엔 가만두지 않을 것이다. 생각해 보니 한양에 와서부터 지금까지 짧은 시간에 참많은 일들이 있었다.

'나 참, 그게 뭔데 목숨을 거냐?'

문득 말복이 말이 번개처럼 머리를 스쳤다. 만약 말복이가 보따리를 풀어 봤으면 지세의를 보았을 테고, 그게 어디에 쓰이는 건지 알아냈을지도 모른다. 혹시 녀석이 어디다 팔아먹진 않았을까? 이대로 가만히 앉아 있을 수만은 없었다. 말복이를 찾아야 한다. 고례는 벌떡 일어났다.

"어어 아으으 어으."

덕이가 놀라 따라 일어서며 고례의 옷깃을 잡아당겼다.

"나 가야 해. 말복이를 찾아야 해. 내 보따리를 훔쳐 달아난 그놈을 찾아야 한단 말이야. 잘 있어. 그리고 고마웠어."

고례는 서둘러 신발을 꿰신었다. 덕이도 부리나케 신발을 꿰신고 따라나섰다.

"안 돼, 어딜 따라오려고 그래?"

"으으, 어버버. 으으."

덕이는 제 가슴을 쳐 가며 무슨 말인가를 하고 싶어 했지만 한 마디도 말을 만들어 내지 못했다. 고례는 그런 덕이가 답답했지만 안쓰럽기도 했다. 이 아이를 어떻게 해야 하나, 고례는 잠시 망설였다. 그런 고례를 쳐다보는 덕이의 눈빛이 복잡 미묘했다. 오래된 동무를 바라보는 다정한 눈빛인 것 같기도 하고, 어떤 공포에 가득 찬 눈빛이기도 했다. 마침내 고례의 마음이 흔들렸다.

"그래. 함께 가자."

덕이가 고례 말을 알아들었는지 콧잔등을 잔뜩 옹그리고

웃어 보였다. 고례는 그러는 덕이가 참 맘에 들었다. 무너미골에선 아무도 자기를 좋아해 주지 않았는데 이 아이는 자기를 좋아해 주었다. 고례는 덕이 손을 잡고 밖으로 나왔다.

어둠이 내린 피마골은 낮과는 또 달랐다. 양반들의 말을 피해 숨어든 길이 아니라, 마치 이곳만이 유일한 세상인 것처럼 떠들썩했다. 양편에 즐비하게 늘어선 가게에서 흘러넘치는 불빛과 음식 냄새로 골목은 아주 풍성했다. 늘 쪼르륵대던 고례의 배 속도 냄새에 취해 아우성을 멈추었다. 그런가 하면 술 취한 남자들의 고함 소리와 여자들의 악다구니가 무너미골과 많이 닮기도 했다. 고례는 이 골목이 참 마음에 들었다.

고례는 덕이와 함께 골목길을 한참 돌아다녔다. 가게 안도 꼼꼼이 들여다보았다. 그러나 말복이의 그림자는 어디에도 없었다.

'도대체 어디로 숨은 거야. 혹시 무너미골로 가 버린 건 아닐까.'

말복이는 심부름 때문에 더 머물 거라고 했었다. 여기 피마골 어딘가에 분명히 있을 것이었다. 심부름 온 곳이 피마골에 있는 국밥집이라고 했었다. 그러나 말복이를 쫓으면서 한참을 뛰어다녔기 때문에 처음 그 골목이 어디쯤인지 가늠

이 되지 않았다.

"어버 어버버."

갑자기 덕이가 고례의 팔을 잡아 흔들더니 어딘가를 가리켰다. 덕이가 가리킨 곳은 어느 국밥집이었다. 끼니때여서인지 국밥집 안은 사람들로 북적거렸다. 고례는 덕이가 국밥을 사 달라는 줄 알고 난감했다. 그런데 언뜻 가게 안에서 기우뚱거리며 바쁘게 움직이고 있는 덕이 어머니가 보였다.

"아, 아주머니가 여기서 일하시는구나!"

고례 말에 덕이가 고개를 끄덕이며 빙그레 웃었다. 덕이는 가끔 여기서 자기 엄마가 일하는 모습을 보고 가는 모양이었다. 엄마를 보고도 안으로 들어가지 않고 멀찌감치 서서 바라보는 모습이 익숙해 보였다.

아주머니는 밤늦게 돌아왔다. 멀건 고깃국에 보리밥을 한 바가지 말아 가지고 왔다. 냄새만으로도 황홀지경이었다.

"고기는 없지만 많이 먹으렴. 이런 국밥도 자주 먹을 수 있는 건 아니야. 매일 고깃국을 수십 그릇 나르지만 그림의 떡이지. 누룽지라도 좀 챙겨 오려고 했는데, 오늘은 웬일인지 주인아주머니께서 국밥을 담아 주시지 뭐냐. 네가 먹을 복이 있나 보다."

아주머니가 흐뭇해하며 얼른 두리반을 차렸다. 두 사람이 먹을 걸 세 사람이 나눠 먹으려니 배불리 먹지는 못했지만 고례는 너무나 고마웠다.

"아주머니, 정말 감사합니다."

"이까짓 한 끼 나눠 먹고 인사를 받으니 쑥스럽네."

아주머니는 손사래를 쳤다. 고례는 어떻게든 고마움을 표하고 싶었지만 한양 객지이다 보니 나뭇짐을 해다 줄 수도 없고, 딱히 도울 만한 집안일도 없었다.

"주인이 독한 사람인가 보네요. 국밥집에서 일하면서 국밥도 맘껏 못 드신다니."

"장삿집이 다 그렇지 뭐, 한 그릇이라도 더 팔아야지. 그래도 주인이 양반 바탕이라 험한 손님은 없어서 다행이지. 꽤 이름난 집안의 양반이었다는데……."

"양반이요?"

"그래. 생각해 보면 주인아주머니도 짠하지. 먹고살기 위해 국밥집은 차렸지만, 양반 체면이라 정지 쪽문에 팔뚝만 내밀고 국밥을 팔아. 그래서 사람들이 우리 국밥집을 '팔뚝 국밥집'이라 부른다더라."

아주머니는 고례 밥그릇에 국밥 몇 숟가락을 더 퍼 주었다. 그러자 덕이도 몇 숟갈 퍼 주었다. 오래 함께 살아온 식구처럼 편안했다. 덕이가 고례를 쳐다보며 미소를 지었다.

'아주머니는 꼭 우리 엄마 같아. 독한 주인조차 짠하게 여기는 걸 보면 정이 많은 분이야. 엄마도 아버지에게 사흘이 멀다 하고 맞으면서도 아버지가 불쌍하다고 했지.'

아주머니는 고향이 어딘지, 무슨 일로 한양에 왔는지 조곤조곤 물었다. 그러나 고례는 대답할 수가 없었다. 어느 날 갑자기 알게 된 자신의 운명을 다른 사람에게 담담히 말할 용기가 아직은 없었다. 고례의 난감한 표정에 아주머니도 더는 묻지 않았다.

"그래, 살다 보면 말로 다 할 수 없는 일들이 있지."

새벽녘, 고례는 이상한 소리에 잠을 깼다. 창호 문으로 여명이 비춰 들고 있었다. 빛 속으로 무언가 꿈틀거리는 것이 보였다. 고례는 놀라 벌떡 일어났다. 이상한 소리는 그것으로부터 흘러나오고 있었다. 상처 입은 짐승이 내는 고통에 찬 신음 소리 같았다.

"으윽, 으으으윽."

아주머니였다. 고례는 놀라 아주머니에게로 다가갔다.

"아주머니, 왜 그러세요?"

아주머니의 온몸이 식은땀으로 젖어 있었다. 고례는 얼른 호롱불을 켜고 아주머니를 바로 눕혔다.

"손대지 마. 아파!"

아주머니가 이를 악문 채 잇소리를 냈다. 놀라 멈칫거리던 고례는 기겁을 했다.

"헉, 다, 다리가?"

불빛에 드러난 아주머니의 허벅지 뒤쪽이 온통 곪아 있었다. 그래서 걸을 때 다리를 절었나 보았다.

"쉿, 덕이 깨니까 조용히 해. 쟤가 알면 안 돼."

"어쩌다 이 지경이 된 거예요?"

"장독 때문이야."

그 새벽녘 고례는 아주머니로부터 놀라운 이야기를 들었다. 자신의 액막이 운명만큼이나 놀랍고도 억장이 무너지는 이야기였다.

이 년 전까지 덕이네는 어느 양반 댁 행랑채에 살고 있었다. 아주머니는 그 집 머슴이었던 나이 든 총각과 혼인하여 덕이를 낳았다. 아비는 늦게 본 자식이라 덕이를 눈에 넣어도 아프지 않을 만큼 귀애했다. 아이도 아비를 잘 따랐다. 그들 가족은 비록 양반 댁 행랑것들이었지만 행복했다. 웃기 잘하고 영특했던 덕이는 주변 사람들에게도 귀여움을 받으며 자랐다.

그런데 덕이가 열한 살이 되던 어느 날 불행의 먹구름이 덕이네를 덮쳤다. 평소 행실이 바르지 못하던 주인 아들이 덕이를 범한 것이다. 그 충격으로 덕이는 말을 잃었고, 울분을 참지 못한 덕이 아버지는 그 집에 불을 질렀다. 아주머니는 차라리 다 함께 죽어 버리자는 덕이 아버지를 설득하여 도망치게 했다. 안 가겠다고 하는 것을 헤어져 살더라도 세상 어딘가에 살아 있으면 다시 만날 날이 있을 거라고 달랬다. 그날 밤 덕이 아버지는 차마 떨어지지 않는 발길을 옮겼다. 주인은 덕이 아버지가 있는 곳을 대라며 아주머니에게 곤장을 쳤다. 주인은 방정치 못한 아들의 잘못은 묻지 않았다. 결국 덕이 모녀는 만신창이가 된 몸으로 그 집에서 내쫓겨 이곳 피마골로 흘러들어 오기까지 갖은 고생을 하였다. 그러나 살아만 있으면 아비를 다시 만날 것을 믿으며 모녀는 지금까지 모진 목숨을 견뎌 왔다.

"세상에 어떻게 그럴 수가!"

고례는 너무 놀라 두 주먹을 부르르 떨었다. 고례는 애벌레처럼 웅크리고 잠들어 있는 덕이를 안쓰럽게 바라보았다. 한 보통이밖에 되지 않을 작은 몸뚱이였다.

고례는 아주머니 대신 팔뚝국밥집에 일하러 갔다. 새벽에 물을 길어 놔야 장사를 할 수 있다고 걱정하는 아주머니를 간신히 주저앉히고 온 것이다.

"넌 누구냐?"

주인인 듯한 아낙이 물지게 진 고례를 보고 놀라 물었다.

"저…… 이곳에서 일하는 아주머니가 제 이모예요. 오늘 많이 아프셔서 제가 대신 물을 길어 놓으려고……."

고례는 얼떨결에 덕이 아주머니를 이모라고 말해 버렸다.

"흠, 그만한 덩치면 힘깨나 쓰겠구나."

"예, 물 긷는 건 자신 있구먼요."

고례는 주인 여자가 일러 준 우물에 가서 물을 길어 날랐다. 고향 집에서 아침마다 했던 일이라 특별히 힘들진 않았다. 우물까지 거리가 좀 멀긴 했지만 세 번 오갔더니 물동이에 가득 찼다. 고례의 거동을 눈여겨보고 있던 주인 여자가 고례를 불렀다.

"어디 사는 뉘 집 아이냐?"

주인 여자는 양반 티를 내느라 그런지 목에 힘을 주고 말했다.

"무너미골에 사는데…… 이모 집에 댕기러 왔구먼요."

"덕이네는 일가붙이가 없는 걸로 아는데?"

"예? 아, 저 그러니까……."

고례는 얼른 대꾸할 말이 떠오르지 않았다. 얼굴이 빨개졌다. 거짓말한 게 들통 나 괜히 아주머니께 누가 되진 않을까 걱정이 되었다. 그때였다. 하늘이 도왔는지 손님 한 무리가 왁자지껄 가게 안으로 들어섰다. 그런데 손님을 본 주인 여자가 부리나케 정지 안으로 들어가는 것이었다.

"어이, 여기 주문 받으소."

구레나룻이 덥수룩한 남자가 고례를 보고 손을 흔들었다. 고례는 어찌해야 할지 당황스러웠다. 텁석부리가 한 번 더 목청을 높여 불렀다. 하는 수 없이 고례는 어정어정 손님 앞으로 다가갔다.

"어따, 황소도 때려 쥑일 덩치네그려, 근디 여자가 맞긴 맞당가? 큭큭큭."

텁석부리가 고례의 치맛자락을 만지며 농지거리를 했다. 고례는 주춤 뒤로 한 발짝 물러섰다. 그게 재미났는지 텁석부리는 한 발짝 더 가까이 다가섰다. 고례는 또 한 발짝 뒤로 물러섰다. 이마에 땀방울이 송글송글 맺혔다. 자리에 앉아 있던 남자들이 그걸 보고 재밌어라 웃어 댔다. 한 발 더 뒤로 물러나려는데 벽이었다. 이제 더 물러날 곳이 없었다. 어떡하지? 그 순간 고례는 덕이가 떠올랐다. 주인 양반의 아들 앞에서 잔뜩 겁먹었을 덕이. 고례는 눈을 부릅떴다. 한 발만 더 다가오면 집어 던져 버리겠다고 생각하며 다리에 힘을 주었다. 그때였다.

"무슨 짓인가? 밥집에 왔으면 배나 채우고 갈 일이지!"

갑자기 들려오는 천둥 같은 목소리에 모두들 깜짝 놀랐다. 텁석부리와 그 일행들이 두리번거렸다. 사람은 보이지 않고 정지 쪽에서 목소리만 이어졌다.

"먹을 텐가, 말 텐가?"

음식을 내는 정지문 쪽창에서 탕탕 내려치는 팔뚝 두 개가 보였다.

"허!"

텁석부리 패는 입을 벌린 채 분노한 팔뚝 두 개를 쳐다볼 뿐이었다. 그제야 고례는 어젯밤 아주머니한테 들었던 '팔뚝 국밥집'이란 말이 생각났다.

"여긴 지체 높은 양반 마님께서 하시는 가게입니다. 함부로 난동을 부렸다간 금방 포졸들이 들이닥칠 것입니다!"

고례는 어디서 그런 힘이 났는지 텁석부리 일행을 향해 소리쳤다. 그러자 텁석부리 패는 서로 눈빛을 주고받더니 얌전히 자리에 앉았다. 그러고는 서둘러 국밥을 시켜 먹고 허둥지둥 나갔다.

"흠, 제법 눈치가 있구나. 어디 갈 데 없으면 여기서 밥값이나 해라!"

주인 여자의 목소리가 한결 나긋해졌다.

팔뚝국밥집

"이놈, 바른 대로 고하지 못할까?"

가게에 막 들어서는데 고함 소리가 쩌렁쩌렁 울려 나왔다. 고례는 깜짝 놀라 아주머니를 쳐다보았다.

"노할아버지께서 무슨 일이실까?"

아주머니도 놀란 눈치였다.

"노할아버지요?"

"으응, 주인아주머니의 시아버님이셔."

가게 안으로 들어서자 의관을 갖춘 웬 노인이 등을 꼿꼿하게 세우고 앉아 있었다. 그 앞에는 한 남자아이가 전전긍긍 꿇어앉아 있었다. 노할아버지와 설핏 눈이 마주쳤을 때 고례는 등골이 오싹해짐을 느꼈다. 속을 꿰뚫어 보는 듯한 날카로운 눈빛 때문이었다. 노할아버지는 고례를 쏘아보더니 다시 남자아이에게 호통을 쳤다.

"이걸 어디서 훔친 게야?"

행색으로 보아 밥이라도 훔쳐 먹다 들킨 모양인지 소지품으로 보이는 것들이 풀어헤쳐져 있었다. 거기다 노할아버지의 카랑카랑한 목소리에 바짝 주눅이 들어 말까지 더듬었다.

"후, 훔친 것이 아, 아니라……."

고례는 왠지 그 아이가 측은했다. 그리고 노할아버지가 너무 심하다는 생각이 들었다. 얼마나 배가 고팠으면 밥을 훔쳐 먹었을까. 그런데 저렇게 호통을 치다니. 고례는 노할아버지를 째려보았다. 그러는 고례를 노할아버지가 날카롭게 되쏘아 보았다. 곁에 있던 아주머니가 얼른 고례를 정지 쪽으로 잡아끌었다.

그때 남자아이의 목소리가 들려왔다. 귀에 익은 목소리였다. 고례는 깜짝 놀라 돌아봤다. 옆모습이 말복이와 너무나 닮았다. 잘못 본 게 아닌가 싶어 고례는 눈을 비비고 다시 바라보았다. 말복이가 틀림없었다.

"야, 너!"

그토록 찾아 헤매던 원수를 외나무다리에서 만난 셈이었다. 고례는 냅다 말복이에게로 달려들었다.

"어? 너 곰탱이?"

말복이도 놀라 휘둥그레진 눈으로 고례를 쳐다보았다. 고례는 얼른 말복이의 몸뚱이를 훑어보았다. 보따리가 보이지 않았다. 순간 고례는 눈에 불이 일었다.

"내 보따리 어쨌어? 지세의 어떻게 했냐고!"

고례는 성난 황소처럼 달려들어 말복이의 목덜미를 움켜쥐었다.

"이 무슨 해괴한 짓인고?"

노할아버지의 벼락같은 목소리에 놀라 고례는 얼른 멱살을 놓았다. 바로 그때 노할아버지 무릎 곁에 있는 지세의가 고례의 눈에 들어왔다.

"어? 그거 제 건데요."

고례는 와락 지세의를 움켜잡으려 했다.

"네 것이라니? 넌 도대체 누구냐?"

노할아버지가 고례를 향해 호통을 치더니 눈길을 말복이에게로 돌렸다. 말복이에게 어찌 된 건지 자초지종을 묻는 거였다.

"저, 그게……."

말복이는 얼른 대답을 못했다. 사실 말복이도 궁금했다. 지세의를 보고 화들짝 놀라던 노할아버지의 표정으로 보아 중요한 물건임에는 틀림없는 것 같았다. 그런데 왜 그걸 저 곰탱이가 가지고 있었을까. 말복이는 머릿속이 복잡했다. 만약 고례가 어디서 훔친 거라면 무사하지 못할 일이다. 허나 당당하게 제 것이라고 말하는 걸 보면 훔친 것 같지는 않았다.

조금 전까지만 해도 말복이는 그냥 길에서 주웠다고 말하려 했다. 그런데 갑자기 곰탱이가 나타나 제 것이라고 말해 버린 것이다. 도대체 어떻게 말해야 곰탱이가 무사할 것인가. 그런데 왜 자신이 곰탱이를 걱정하는지 모를 일이었다. 무너미골에선 한 번도 그런 적이 없었는데 말이다. 말복이는 답답한 심정으로 고례를 쳐다보았다.

고례도 얼른 입이 떨어지질 않았다. 사실대로 말하면 도련님에게 누가 될지도 모르고, 사실대로 말하지 않으면 지세의를 돌려받지 못할 것이다. 지세의를 돌려받지 못하면 도련님을 만날 수가 없다. 그러면 고례는 꼼짝없이 궁궐 액막이로 가게 될 것이다. 그러지 않으려고 한양에 왔는데……. 고례는 안타까운 심정으로 노할아버지를 쳐다보았다.

"흐음, 둘 다 말을 못 하는 것이 아주 수상쩍구나. 포도청에 끌려가 혼이 나야 바른 대로 고할 테냐!"

그 말에 말복이가 화들짝 놀라 튕겨 올랐다.

"아, 아닙니다요, 어르신! 절대 훔친 건 아닙니다!"

"훔친 게 아니면?"

"그러니까, 아마도 훔친 건 아닐 거라는……."

"이노오옴!"

노할아버지가 버럭 소리를 지르자, 말복이가 혼비백산하여 머리를 조아렸다.

"사실은, 어떤 분이 잃어버리신 물건인데 찾아 달라는 부탁을 받고, 그분께 전해 드리러 가는 길이었습니다. 그런데 이 녀석이 훔쳐서 달아났습니다."

고례는 말복이를 째려보며 말했다. 더 머뭇거리고 있을 상황이 아니었다.

"그래? 이것을 잃어버렸다는 사람은 누구냐?"

노할아버지는 고례를 뚫어질 듯이 쏘아보며 물었다.

"그건…… 말씀드릴 수 없습니다."

고례는 단호하게 말했다.

"말할 수 없다? 어째서?"

"그, 그건, 그분의 함자를 함부로 말했다가 그분에게 해가 될지도 모르기 때문에……."

"왜, 이게 나쁜 물건이라도 된단 말이냐?"

"아닙니다. 저도 그게 뭔지 모르지만 절대 나쁜 물건은 아닐 겁니다. 그분이 그토록 소중하게 여긴 물건이라면……."

고례는 생각해 보았다. 도련님을 안 지 오래되지는 않았지만 왠지 믿음이 갔다. 그건 아마도 도련님이 엄마 말고 처음으로 자신을 편견 없이 대해 준 사람이었기 때문일 것이다. 사람들은 고례를 뱀 보듯 했다. 가만두면 결코 해를 끼치지 않는 그 동물을 먼저 나서서 싫어하고 혐오하듯이.

고례는 어느새 제 마음속에 도련님이 커다랗게 자리하고 있다는 걸 깨달았다. 고례는 얼굴을 붉힌 채 노할아버지를 쳐다보았다.

"흠, 일전에 유 의원 집에서 보았던 바로 그 아이로구나."

"예? 유 의원이라면, 우리 무너미골 의원 어른 말씀입니까?"

고례는 그날 도련님의 심부름으로 유 의원 댁에 갔을 때 방 안에 있던 사람들을 떠올렸다. 잠깐 동안이어서 다 기억해 낼 순 없지만 대체로 젊은 양반들이었다. 노할아버지처럼 나이 든 양반은 본 기억이 없었다. 그런데 그곳에서 자신을 보았다니, 고례는 어리둥절했다.

"한데, 네가 지세의란 이름을 어찌 아느냐? 그분이 알려 주었느냐?"

"아닙니다. 그날 유 의원 댁 방 안에 계시던 양반 나리님들이 하는 말을 들었습니다."

"그래? 그런데 네가 우리 가게엔 어떻게 왔는고?"

노할아버지의 목소리는 한결 누그러졌지만 고례가 한양에 나타난 이유를 몹시 궁금해 하는 표정이었다.

"저 녀석을 찾으러 다니다 지쳐 쓰러졌는데, 다행히 그곳이 이곳에서 일하시는 아주머니의 집이어서……."

고례는 아주머니와 국밥집 주인아주머니를 만나게 된 연유를 말했다. 그제야 노할아버지가 고개를 끄덕였다.

"기특하구나. 지세의를 전해 주기 위해 여자의 몸으로 이 먼 한양까지 왔다니. 유 의원 소개로 저 녀석의 아비가 우리 가게에 고기를 대 주고 있지. 내 오늘 유 의원에게 전할 게 있어 들르라 했는데, 마침 이 지세의가 내 눈에 띄었느니라."

그제야 고례도 모든 상황이 이해가 되었다. 참 다행이라 생각되었다. 노할아버지라면 도련님을 만나게 해 줄 것이다. 일이 수월해질 것 같았다.

"이건 내가 잘 전할 테니 그리 알고 내려가거라."

엉? 고례는 깜짝 놀랐다. 도련님을 만나러 한양까지 온 이유가 있는데 이대로 내려가라니.

"제, 제가 그분께 직접 돌려 드리고 싶습니다. ……사실은, 그분께 꼭 아뢸 말이 있어서요."

"그분을 꼭 만나야 한다?"

"네, 꼭요."

고례는 노할아버지가 거절할까 봐 가슴을 졸이며 말했다. 노할아버지는 두 눈을 감은 채 한동안 말이 없더니 이내 말문을 열었다.

"그럼 내가 적당한 시기에 북촌에 연통을 넣어 볼 테니 넌 여기서 일손이나 도우면서 기다려 보거라. 네가 찾아가면 공연히 일이 복잡해질 수도 있으니."

마음은 급했지만 고례는 노할아버지의 말에 따르기로 했다. 자기 때문에 도련님에게 난처한 일이 생기면 안 되니까.

노할아버지가 안으로 들어가자 말복이가 쭈뼛쭈뼛 고례에게 다가왔다.

"미안하다. 훔치려던 건 아니었어. 도대체 뭐가 들었기에 군졸들을 때려눕히면서까지 그 보따리를 지키려 했는지 궁금하기도 하고, 화도 나고."

말복이는 기어들어 가는 목소리로 말했다. 아무리 그래도 그냥 넘어갈 수는 없었다.

"널 찾으려고 이 피마골을 이 잡듯 샅샅이 뒤졌어. 대체 어디에 꽁꽁 숨어 있었던 거야?"

"숨긴? 나도 널 찾아다녔단 말이야. 처음엔 네가 쫓아오니까 장난삼아 도망쳤는데, 나중엔 길을 찾을 수가 없더라. 그 길이 그 길 같고, 한참 헤매다가 겨우 우리가 처음 만났던 큰 길을 찾을 수 있었어."

거짓말 같진 않았다. 고례도 마찬가지였으니까.

"흥, 그때 맘 같아선 잡히기만 하면 팔다리를 부러뜨려 놓으려고 했는데 노할아버지 심부름을 한다니까 내가 참는다. 대신 우리 집에 나 여기 있다고 말하지 마. 알았어?"

고례는 눈을 부릅뜨고 다그쳤다. 무너미골에선 엄두도 못 낼 일인데 이상하게 이곳 한양에선 달랐다. 말복이가 고분고분 구는 것도 이상했지만 고례는 무엇이 자신을 그렇게 당당하게 하는지 알 수 없었다.

"아, 알았어. 알았다고!"

말복이는 두 손을 내저으며 말했다. 말복이 눈에는 이상하게도 고례의 덩치가 그 어느 때보다 더 커 보였다.

"근데 왜 그 도련님이라는 사람을 꼭 만나야 하는데?"

"넌 몰라도 돼."

말복이가 고례의 사정을 모르는 건 다행이었다.

"나도 기다렸다 너랑 같이 집에 갈까?"

"뭐? 넌 노할아버지 심부름한다면서?"

"아차, 그렇지, 헤헤."

별일이었다. 얄미운 짓만 골라 하던 녀석이 갑자기 딴사람이 된 것 같았다. 고례는 그런 말복이가 싫지는 않았지만 맘을 놓을 수도 없었다. 언제 또 짓궂은 장난으로 난처하게 만들지 몰랐다.

고례는 팔뚝국밥집에서 열심히 물을 긷고 국밥을 날랐다. 끼니 걱정은 하지 않아도 되어서 다행이었다.

국밥집에서의 일은 고되었지만 마음은 늘 설레었다. 이곳에서 도련님을 만난다고 생각하니 고례의 입가에 저절로 미소가 피어났다. 못생겼지만 늘 웃는 고례를 손님들도 좋아했다. 주인아주머니는 힘센 고례가 국밥 여러 그릇을 한꺼번에 거뜬히 나르는 걸 보고 흐뭇해했다. 고례가 국밥집에 온 뒤로는 빨리 달라고 재촉하는 손님이 없었다.

꿈결처럼 며칠이 지났다. 그런데 이상하게 그동안 노할아버지의 모습은 한 번도 볼 수 없었다. 뒤늦게 안 사실이지만, 노할아버지는 여간해선 가게에 나오지 않는다고 주인아주머니가 말했다. 출타를 하지 않으면 대부분 뒤란 사랑방에 머문다는 것이다. 노할아버지가 오기만을 마냥 기다리고 있자니 고례는 속이 탔다. 이러다 도련님을 만나지도 못하는 건 아닌지 걱정이 되기 시작했다. 궁궐에서 데리러 온다는 날짜는 성큼성큼 다가오고 있었다.

노할아버지를 만나야 한다. 고례는 일하는 틈틈이 뒤란으로 통한 문을 살폈다. 그러나 뒷문은 정지를 통해서만 갈 수 있어서 쉽게 기회가 오지 않았다. 정지는 주인아주머니만의 영역이었다. 그러던 어느 날, 드디어 기회가 왔다. 늦은 점심을 먹고 난 후였다.

"아이고 허리야, 사골 국물 퍼야 하는데……."

주인아주머니가 허리를 두드리며 끄응, 일어서다 비척거렸다.

"제가 퍼 올까요?"

고례는 얼른 주인아주머니를 부축하며 말했다. 가마솥은 뒤란에 있었다. 항상 그곳에서 주인아주머니는 무슨 보물을 퍼 오듯 사골 국물을 퍼 왔다.

"허리가 불편해서 무거운 걸 들기가 힘들구나. 뼛조각 들어가지 않게 조심해서 퍼 와라."

뒤란은 생각했던 것과는 아주 딴판이었다. 처마 밑을 따라 배추 시래기가 너울너울 매달려 있고, 벽 쪽으로는 불쏘시개로 쓰일 장작들이 층층이 쌓여 있었다. 무너미골 김 초시 댁이나 허 생원 댁 뒤란보다도 작고 초라했다. 한때는 뼈대 있는 양반이었다는 아주머니 말이 떠올라 고례는 기분이

쓸쓸했다. 팔뚝만 내밀고 국밥을 파는 주인아주머니나 카랑카랑한 목소리로 호령하던 노할아버지의 서슬은 뒤란 어디에도 없었다. 한쪽에서 열기를 내뿜으며 끓고 있는 가마솥이 몰락한 양반의 현실을 보여 줄 뿐이었다.

고례는 펄펄 끓는 사골국물을 양동이에 퍼 담으며 주변을 살펴보았다. 문 하나를 사이에 두고 전혀 다른 두 세상이 존재했다. 밥을 먹기 위해 아우성인 가게 안과 시간이 박제된 공간, 뒤란은 소리도 색도 없는 꿈속 같았다.

'이곳 어디에 노할아버지의 사랑방이 있다는 거지?'

그때 바깥쪽으로 가지를 드리운 감나무 옆 작은 창호 문이 눈에 뜨였다. 고례는 양동이를 놓고 그곳으로 가 보았다.

'여기가 노할아버지 사랑방인가?'

문고리가 반질반질 닳은 것으로 보아 사람이 기거하는 곳이 분명했다. 고례는 조심스럽게 방문을 열고 기웃거렸다. 어스레한 어둠이 주인인 듯 나섰다. 잠시 후 방 안의 물건들이 형체를 드러냈다. 아, 책상으로 쓰는 개다리소반 위에 지세의가 놓여 있었다.

"거기서 뭐하는 게야?"

갑자기 차돌 부딪치는 목소리가 날아들었다. 고례는 놀라 그대로 주저앉을 뻔했다. 주인아주머니였다.

"무, 문이 열려 있어서…… 다, 닫으려고."

고례는 도둑질하다 들킨 사람처럼 놀라 더듬거렸다.

"문이 열려 있었다고? ……그토록 총기 총총하신 분이."

그냥 둘러댄 말이었는데 주인아주머니의 안색이 갑자기 어두워졌다. 시아버지를 걱정하는 며느리의 마음이 그대로 드러나 보였다. 그러나 걱정하지 않아도 될 터였다. 노할아버지의 방은 아주 깔끔하게 정돈되어 있었다. 한쪽에 반듯하게 개켜져 있는 이불과 차곡차곡 쌓여 있는 책들, 벽에 가지런히 걸려 있는 옷가지들, 어느 것 하나 흐트러짐이 없었다. 뼈대 있는 양반 가문이었다는 말이 맞을 거라고 고례는 생각했다.

재회

　며칠 동안 노할아버지는 그림자도 보이지 않았다. 주인아주머니도 걱정하고 있는 터라 물어볼 수도 없었다. 고례는 속이 탔다.

　그러던 어느 날, 저녁 손님이 끊기고 설거지도 다 끝나 갈 무렵이었다. 가게 문 열리는 소리가 들렸다. 더 이상 팔 국밥도 없는데 웬 손님인가 싶어 고례는 쳐다보지도 않았다.

　"손님 대접이 이래서야 쓰겠나?"

　고례는 느닷없는 버럭 소리에 놀라 뒤를 돌아보았다. 순간 고례는 눈이 휘둥그레졌다. 문 앞에 노할아버지가 거짓말처럼 서 있었다. 고례는 눈을 비비고 다시 보았다. 방금 전까지 노할아버지를 원망하고 있던 터라 헛것을 본 게 아닌가 했다. 몇 번을 다시 보아도 노할아버지가 맞았다.

"왜 그러고 서 있어? 귀신이라도 본 게야?"

노할아버지의 목소리는 여전히 카랑카랑했다.

"하, 할아버지, 어디 갔다 이제야 오신 거예요?"

고례는 자기도 모르게 원망 섞인 목소리로 말했다.

"날 기다렸더냐? 아니면 북촌 김 교리를 기다렸더냐?"

"예?"

농을 하는 품이 며칠 전 말복이를 꾸짖던 노할아버지의 모습과는 사뭇 달라 보였다. 그때였다. 아직 반쯤 열려 있는 가게 문으로 흰 도포자락이 보이는가 싶더니 젊은 남자가 가게 안으로 들어섰다. 도련님이었다!

"또 보는군."

도련님이 웃음을 머금고 고례를 바라보았다. 고례는 지금 눈앞에서 벌어지는 일이 믿기지가 않았다.

"……"

입술이 찰싹 달라붙어 버렸는지 고례는 아무 말도 할 수가 없었다. 그저 멍하니 도련님을 바라볼 뿐이었다.

"잃어버린 물건을 찾아서 예까지 와 줘 고맙네."

도련님이 다시 말을 걸어왔다. 그제야 고례는 정신이 들었다.

"……"

"꼭 만나야 한다고 할 땐 언제고 벙어리가 된 게야?"

노할아버지의 추궁 아닌 추궁에 고례는 수줍게 고개를 숙였다. 눈물이 피잉 돌았다.

도련님은 처음 만났을 때의 모습과 너무나 달랐다. 훨씬 의젓하고 말쑥한 모습이었다. 아니 지체 높은 양반 도련님의 품새가 몸 전체에서 뿜어져 나왔다. 고례는 웬지 그런 도련님이 낯설었다.

"따라오너라."

고례의 맘을 알았는지 노할아버지가 앞장서 뒤꼍 사랑으로 걸음을 옮겼다. 고례는 얼른 때 묻은 앞치마를 벗고 옷매무새를 살핀 후 서둘러 뒤꼍으로 갔다.

"꼭 만나야 한다기에 김 교리께 어려운 걸음을 청했다. 그래 할 말이 무엇이더냐? 어서 말해 보거라."

노할아버지는 앉자마자 고례를 재촉했다.

"김 교리요?"

고례는 도련님의 낯선 호칭에 놀라 되물었다.

"어허 이런, 모르고 있었더냐? 김 교리는 재작년에 장원급제하고 전하의 총애를 받으며 나랏일을 보고 계신다."

노할아버지의 말에 고례는 당황했다. 도련님이 벼슬을 한 양반 나리라니. 그래서 낯설게 느껴졌던 것일까? 물에 빠져

허우적거리던 도련님, 자신에게 진정으로 고마워하던 도련님, 무너미골에서의 그 도련님은 찾아볼 수가 없었다. 흰 도포 자락를 가지런히 뒤로 하고 앉아 반듯하게 갓을 쓰고 있는 모습이 무척 위엄 있어 보였다. 자기같이 천한 신분은 감히 쳐다도 볼 수 없이 높은 곳에 있는 양반 나리였다. 도련님과의 거리가 마치 무너미골과 한양의 거리만큼이나 멀게 느껴졌다.

고례는 망설였다. 도련님을 만나면 궁궐 액막이로 가지 않게 도와 달라고 부탁하려 했는데, 얼른 입이 떨어지질 않았다.

"그래, 말해 보게. 자네가 아니었으면 내 목숨을 잃을 뻔하지 않았나. 게다가 지세의까지 찾아 주었으니 사례를 해야지."

도련님은 고례가 대가를 받으러 온 것이라 생각했는지 거침없이 '사례'라는 말을 했다. 그 말을 들으니 고례는 더더욱 입이 붙어 버렸다. 도련님의 목숨을 구해 주고 잃어버린 물건을 찾아 준 게 대가를 바라고 한 일은 아니었다. 하지만 어쨌든 그런 모양새가 되어 버린 건 사실이었다. 어떡하든 도련님에게 자신의 액막이 운명을 막아 달라고 매달릴 생각이었으니까.

'이제 두 번째 만남인데 이런 말을 해도 될까, 도련님은 내 부탁을 들어줄까, 어디서부터 어떻게 말을 해야 할까.'

고례는 용기를 내어 겨우 말문을 열었다.

"저…… 절 좀 도와주세요. 궁궐에 들어가기 싫어요."

"궁궐?"

노할아버지와 도련님이 놀라 눈이 커지며 동시에 물었다.

"얼마 전에 알게 됐는데."

고례는 갑자기 목구멍에 울음덩이가 차올랐다. 분하고 서러운 속말을 엄마에게 풀어놓던 어린 날의 어느 하루처럼.

"……"

고례의 얘기를 다 듣고 난 두 사람은 한동안 말이 없었다.

"무서워요. 저 좀 도와주세요, 나리! 액막이가 되고 싶지 않아요."

"쯧쯧, 딱하구먼. 그렇다고 지엄한 국법을 어길 수도 없고."

노할아버지는 혀를 차며 한 손으로 연거푸 수염을 쓸어내렸다. 도련님은 무슨 생각에 잠겼는지 말없이 벽만 바라보고 있었다. 저 말없음은 무슨 뜻일까, 노할아버지 말처럼 지엄한 국법을 어기는 일이라 입을 다물어 버린 것인가. 고례는 속이 빠직빠직 타들어 갔다.

"지체 높은 양반님들은 저같이 천한 목숨 하나쯤 살리기도 하고 죽이기도 한다고 들었습니다. 도와주세요, 제발."

고례는 간절한 눈빛으로 도련님을 쳐다보았다. 이제 자신을 도와줄 사람은 도련님뿐이었다. 아버지도 엄마도 어쩔 수 없는 운명이라고 체념하지 않았는가.

"그 일은 관상감(기상관측·점술·시간측정 등의 업무를 맡았던 조선 시대 관청) 소관이니 한번 알아보기는 하겠네."

드디어 도련님이 무겁게 입을 열었다. 고례는 그 말만으로도 두 귀가 번쩍 뜨였다.

"참말이십니까?"

"김 교리, 잘 생각하시오. 괜히 저쪽 무리들한테 빌미가 되어 큰일을 그르치게 될까 걱정되오."

노할아버지가 도련님에게 말리는 투로 말했다. 그르치게 될 큰일이 뭔지는 모르지만 고례는 그러는 노할아버지가 원망스러웠다.

"자네 이름이 뭐라 했던가?"

"고례……입니다."

처음 만났을 때 말해 줬는데 또 묻는 게 조금 서운했다. 고례의 가슴속에는 '김·옥·윤'이라는 이름 석 자가 문신처럼 새겨져 있는데.

도련님은 짬을 내 다시 들르겠다는 말을 남기고 돌아갔다. 애타게 기다리다 만난 것에 비해 재회는 짧았지만 고례는 희망이 생겼다. 도련님이 입궁을 막아 줄 것이라고 굳게 믿었다. 자기가 위험을 무릅쓰고 계곡의 거센 물속에서 도련님을 구했던 것처럼.

　며칠 뒤, 도련님이 다시 국밥집에 찾아왔다. 노할아버지가 찾는다는 주인아주머니의 말을 듣고 고례는 사랑으로 갔다. 방문 앞에 신발이 여러 켤레 놓여 있었다.

　방 안에는 도련님과 노할아버지 말고도 두 남자가 더 있었다. 연보라색과 하늘색 도포를 입은 두 남자가 휘둥그레진 눈으로 고례를 쳐다보았다.

　"일전에 내가 말했던."

　도련님이 두 남자에게 고례를 소개했다.

　"정말 여자가 맞는가?"

　두 남자는 누구에게 묻는 건지 모르게 물었다. 딱히 대답을 듣자고 묻는 게 아니란 걸 알기에 고례는 대답하지 않았다. 지금까지 수없이 당한 일이었다. 고례는 대답 대신 고개를 수그렸다.

　"인사드리게. 내 벗들이네. 자네 문제를 함께 의논해 보자고 왔네."

고례는 그제야 안심했다.

"흠, 놀랍구먼. 그래 나이가 몇인가?"

얼굴이 둥글넓적하고 눈매가 서글서글해 보이는 남자가 물었다.

"열셋이옵니다."

"열셋? 영락없는 고대수로군."

체구는 작으나 당차 보이는 입매를 가진 또 다른 남자가 말했다.

"고대수? 맞아, 그 이름이 딱 어울리겠구먼. 하하하."

모두들 고대수라는 말에 맞장구를 치며 함박웃음을 터뜨렸다. 고대수가 무슨 뜻인지 모르지만 고례는 개의치 않았다. 고대수가 멧돼지나 곰의 또 다른 이름일지라도 상관없었다. 자신을 도와줄 양반들인데 뭐라 부른들 무슨 대순가. 그들은 모두 눈빛이 맑고도 깊었다.

이런 세상은 싫어

"이런 우라질 놈들이 있나! 남의 나라에 와서 아주 제멋대로야. 에잇 속 터져. 여기 막걸리 한 사발 주시오!"

점심 손님들이 한소끔 빠져나가고 막 의자에 엉덩이 좀 붙이려던 참이었다. 웬 초로의 남자가 가게로 들어서며 씩씩거렸다.

"낮부터 술을 찾으시오?"

아주머니가 막걸리를 내주며 말참견을 하자 남자는 단숨에 들이켰다. 무슨 못 볼 꼴을 보기라도 했는지 오만상을 찌푸렸다.

"좀 전에 저 대로에서 웬 여자아이가 변을 당했지 뭐요. 청나라 상인 놈들이 모는 마차에 치였는데, 아 이놈들이 사람을 치고도 얼굴색 하나 안 변하고 갑디다. 오히려 쓰러진 아이에게 되레 성을 내더라니까. 길을 안 비켰다고."

"예에? 그럴 수가! 아이가 많이 다쳤나요?"

탁자를 닦고 있던 고례가 놀라 물었다. 처음 한양에 왔을 때 당했던 일이 떠올랐기 때문이다.

"아마 죽었을 거야. 여남은 살쯤 돼 보였는데, 뉘 집 자식인지 부모가 알면⋯⋯."

남자는 또 한 잔을 들이켰다.

"에그, 몹쓸 놈들! 쯔쯧."

아주머니가 혀를 차더니 일어나 밖을 내다보았다. 고개를 쑥 빼고 골목 저 멀리까지 내다보는 눈치였다.

"아주머니, 아직 덕이 올 때 안 됐어요!"

고례는 손님 앞에 김치 보시기를 놓으며 말했다.

"그 아이, 벙어리라던데 참말 안됐어."

순간 예리한 통증이 고례와 아주머니의 가슴을 동시에 찔렀다. 두 사람의 눈길이 허공에서 와락 마주쳤다. 고례는 저도 모르게 고개를 세차게 흔들었다. 징그러운 벌레를 털어 내듯, 알 수 없는 불길한 느낌을 세차게 털어 냈다.

"버, 벙어리라구요?"

아주머니가 숨이 꼴깍 넘어갈 듯한 목소리로 물었다.

"거기 있던 누군가 그럽디다. 왜 그러시오?"

두 사람의 낯빛이 하얗게 질린 걸 보고 손님이 이상하다는 듯 물었다.

"고례야, 덕이가, 덕이가 올 시간 아직 멀었지? 그렇지?"

아주머니가 고례의 팔을 할퀴듯이 붙잡았다. 떨고 있었다. 그때 주인아주머니가 놀란 얼굴로 정지에서 나왔다.

"네가 그곳에 가 보거라. 어서!"

말이 끝나기가 무섭게 고례는 튕기듯 일어나 밖으로 나갔다. 설마? 덕이가 아닐 거야. 덕이일 리가 없어. 그 착한 아이가 왜? 미친 듯 뇌까리면서 고례는 큰길 쪽으로 뛰었다. 저만치 사람들이 모여 웅성거리고 있었다.

가까이 다가갈수록 이상하게 다리가 후들거렸다. 땅바닥이 푹 꺼졌다 솟아올랐다 하는 것이 온 세상이 휘청거리는 것 같았다. 고례는 간신히 사람들 틈을 비집고 들어갔다. 가마니때기 밑으로 작은 버선발이 보였다. 앗, 저것은? 하늘색 천으로 덧댄 버선코! 어젯밤에 아주머니가 꼼꼼히 기워 주었던 것이다. 고례는 땅바닥에 털썩 주저앉고 말았다.

"더, 덕이야!"

덕이는 싸늘한 시체가 되어 길바닥에 버려져 있었다. 옆에 섰던 관군이 고례를 유심히 바라보았다.

"아는 아이냐?"

"누가, 누가 덕이를?"

그때 퍼뜩 가게 손님이 했던 말이 생각났다.

"그 사람들 어딨어요? 잡았어요? 청나라 상인들요?"

"아서라, 그냥 저 아이가 운이 없었다고 생각해."

관군은 마치 양반 행차에 서둘러 엎드리다 쏟은 사과 한 알이 말굽에 밟혔을 뿐이라는 것처럼 말했다.

"운이 없었다고요? 사람이 죽었는데 어떻게 그렇게 말할 수가 있어요?"

고례는 눈을 부릅뜨고 관군에게 대들었다.

그때였다. 사람들 사이에서 아주머니가 나타났다. 아무래도 불길한 예감에 고례 뒤를 따라온 모양이었다. 덕이의 버선발을 본 아주머니는 스르르 재처럼 무너져 내렸다.

"아가, 아가, 내 아가야, 불쌍한 내 새끼야! 어미를 두고 혼자 가면 어떡하란 말이냐!"

아주머니는 덕이의 시체를 끌어안고 짐승처럼 울부짖다 스르르 혼절하고, 깨어나면 또 울부짖다 혼절하여…… 천길 만길 슬픔 속으로 잠겨 든 울음소리가 끝도 없이 크어엉 크어엉, 쇳소리를 냈다. 모여 있던 사람들도 모두 눈물을 훔쳤다. 그 광경 앞에서 울지 않는 사람이 없었다.

고례도 가슴이 찢어질 듯 고통스러운 슬픔을 느꼈다. 덕이는 난생처음 사귄 동무였다. 동갑이지만 고례를 언니처럼 따랐다. 고례의 굵은 팔뚝을 부러운 듯 만지며 콧잔등을 잔뜩 옹그리고 웃던 아이. 슬그머니 밥 한술을 떠 고례의 밥그릇에 놓아 주고는 짐짓 모르는 체하던 정 많은 아이. 가게가 한가해질 무렵이면 배시시 웃으며 문 안으로 얼굴을 쏙 내밀던 해맑은 아이, 덕이는 이제 이 세상에 없다.

고례는 생각했다. 가마니때기에 덮인 저 어린 몸뚱이, 종의 딸이라고, 천한 신분이라고 이렇게 가혹한 수난을 당해도 된단 말인가. 파리 목숨처럼 함부로 죽여도 된단 말인가. 아니다. 덕이를 이렇게 불쌍하게 보낼 순 없다. 억울해서 어떻게 하늘나라엔들 가겠는가. 고례는 벌떡 일어났다.

"아저씨, 청나라 상인들이 머무는 곳이 어디예요?"

"너 같은 천것이 가서 뭘 어쩌겠다고? 가서 괜히 봉변당하지 말고 잠자코 이 아이나 데려가 잘 묻어 줘라."

관군은 고례의 덩치를 훑어보며 조심스럽게 말했다.

"사람을 죽여 놓고 나 몰라라 하는데 어떻게 가만히 있으라는 거예요? 관가에 알려서 벌을 받게 해야죠. 그래야 우리 덕이도 떠날 수 있죠."

고례는 부들부들 떨며 혀를 깨물듯 말했다.

"민 대감 댁으로 갔을 거구먼. 그 댁에 자주 가는 걸 이 한양 땅에선 모르는 사람이 없지. 아무리 세도가와 친하다고 남의 나라에 와서 사람을 막 깔아뭉개는 건 아니지."

"맞아, 무슨 급한 일이 있는지는 모르지만 아이를 보고도 말을 달렸어. 미처 피할 새도 없었지."

옆에 있던 사람들이 이구동성으로 말했다.

"민 대감 댁이 어디예요?"

고례는 사람들이 가르쳐 주는 곳으로 뛰어갔다. 한참을 뛰어가자 저만치 고래등 같은 기와집이 보였다. 높다란 솟을대문 앞에 덕이를 치고 갔을 마차가 서 있었다. 고례는 심장이 쿵쾅쿵쾅 뛰었다. 고례는 두 주먹을 불끈 쥐고 솟을대문 앞으로 갔다. 그때 막 대문이 열리며 사람들이 나왔다. 민 대감으로 보이는 양반 어른과 청나라 사람 둘이었다.

"대감마님! 드릴 말씀이 있습니다!"

고례가 가까이 다가가자 장정 몇이 거칠게 앞을 가로막았다. 고례는 땅바닥에 나동그라졌다.

"무슨 일로 이렇게 소란스러운 게냐?"

민 대감이 눈살을 찌푸리며 물었다. 청나라 사람은 자기들끼리 알아들을 수 없는 말을 지껄이며 웃고 있었다. 그걸 보자 고례 눈에서 불이 일었다.

"대감마님, 저 청나라 사람들이 제 동무를 마차로 치여 죽였습니다. 그런데 저들은 죽은 아이를 쳐다보지도 않고 가 버렸습니다. 저 사람들은 벌을 받아야 합니다."

민 대감과 청나라 사람이 고개를 가까이 대고 무슨 말인 가를 주고받더니, 청나라 사람이 마차에 오르려 했다. 고례 는 그 앞을 가로막고 섰다. 그러자 곁에 섰던 장정들이 고례 의 팔을 뒤로 꺾고 꿇어앉혔다.

"버릇이 없구나. 중요한 일로 온 손님에게 무례하게 굴다 니. 길을 비키지 않은 그 아이의 잘못인 게지. 어서 썩 물러 가라!"

고례는 자신이 잘못 들었나 싶어 민 대감을 멍하니 쳐다 보았다. 설마 지체 높은 양반 어른이 자기 나라 백성이 무고 하게 죽었는데 청나라 사람 편을 드는 건 아니겠지. 그러나 곧바로 마차에 오르는 청나라 상인을 보자 비로소 사태가 눈에 보였다.

"이럴 수는 없습니다."

고례는 곁에 선 장정들을 밀치고 마차를 붙들었다. 누군 가 몽둥이로 등을 내리쳤다. 아팠지만 고례는 청나라 상인 을 들어 메다꽂았다. 삽시간에 소동이 벌어졌다.

고례는 맞으면서도 청나라 상인들을 향해 계속 달려들었 다. 그들이 슬슬 달아나려 했다. 고례는 온 힘을 다해 청나라 상인들을 메다꽂았다. 알아들을 수 없는 말과 함께 비명 소리가 울려 퍼졌다. 그러곤 눈앞이 깜깜해졌다.

눈을 떠 보니 온통 어둠뿐이었다. 여긴 어딜까, 어떻게 된 건지 고례는 기억을 더듬었다. 대문 앞에서 소란이 있었을 때 쏟아지는 몽둥이질에 정신을 잃은 모양이었다. 일어서려는데 온몸이 욱신거렸다. 불빛이 들어오는 쪽으로 기어갔다.

"누구 없어요?"

문을 세차게 두드렸다.

"이 괴물이 이제야 정신이 들었나 보네."

문틈으로 보니 장정 두 사람이 문밖에서 지키고 있었다.

수염이 얼굴의 반을 덮고 있는 사내가 문을 발로 차면서 눈을 부라렸다. 대문 앞에서 고례가 메다꽂았던 이인가 보았다.

"여긴 어디예요? 왜 날 가뒀어요?"

"웬 계집이 황소처럼 힘이 센지. 넌 이제 죽은 목숨인 줄이나 알아! 지엄하신 대감 댁에서 난동을 부리고, 청나라 상인을 건드렸으니."

문지기들은 민 대감이 화가 많이 났다는 것. 청나라 상인들이 다쳐서 지금은 정신이 없지만 날이 밝으면 고례를 혼낼 것이라는 말들을 주워섬겼다.

고례는 대충 상황이 짐작되었다. 결국 벌을 받아야 할 청나라 상인들은 그냥 가고 자신이 잡혀 있는 것이었다. 그러나 고례는 두렵지 않았다. 청나라 상인들의 만행은 세상 사람 누가 들어도 자명한 죄이니까. 고례는 자신의 처지보다는 아주머니를 그대로 두고 온 게 맘에 걸렸다. 덕이는 잘 묻어 주었을까.

날이 밝자 고례는 광에서 끌려 나왔다.

"맘 같아서는 네년의 목을 뎅강 쳐 버려도 모자라겠다만, 내 궁궐에 일이 있어 급히 들어가야 하니 운이 좋은 줄 알아라. 여봐라, 저년에게 곤장을 쳐서 쫓아 버려라."

"대감마님, 그러시면 안 됩니다. 청나라 상인들을 벌해야 합니다!"

"에잇, 어서 저 입을 다물게 하라."

고례는 꼼짝없이 붙잡혀 곤장을 맞았다. 처음 몇 대는 엉덩이에 불침을 맞는 것 같더니 횟수가 더해 갈수록 찢어지는 통증이 오고 이내 감각이 없어졌다. 분해서 이를 악물었지만 잇새로 비명이 새어 나왔다.

고례는 곤장을 맞고 질질 끌려 나와 솟을대문 밖 저만치에 버려졌다. 고례는 민 대감 댁 솟을대문을 뚫어져라 쏘아보았다. 이건 아니었다. 뭔가 잘못되었다. 나랏일을 하는 양반이 제 나라 죄 없는 백성에겐 곤장을 치면서 죄 지은 남의 나라 사람을 비호하다니.

아, 이런 세상은 싫다.

고례는 박박 기어서 피마골 팔뚝국밥집으로 향했다.

피할 수 없다면

도련님이 다시 국밥집을 찾아왔다. 사랑에서 노할아버지와 긴한 얘기를 주고받은 뒤 고례를 불렀다.

"이보게, 무너미골에 내려가 있게."

"예?"

도련님은 앞뒤 설명도 없이 고례에게 무너미골에 내려가 있으라며 서찰 한 통을 내밀었다. 고례는 도련님을 쳐다보았다.

"이 서찰을 유 의원한테 전하게."

"나리! 무너미골로 가라는 뜻은……."

고례는 기대와 불안이 뒤섞인 표정으로 물었다. 그러나 도련님은 그렇다 아니다 확답을 하지 않았다.

"내 일간 그곳으로 내려갈 테니 그때 만나서 얘기하세나."

도련님은 무슨 바쁜 일이 있는지 서둘러서 국밥집을 떠났다.

고례는 덕이마저 떠나보낸 아주머니를 두고 차마 발길이 떨어지지 않아 미적거렸다. 눈치를 챘는지 노할아버지가 재촉을 했다.

"김 교리가 당도하기 전에 먼저 가 있어야 하네. 바쁜 분이시니 기다리게 해선 안 되네."

고례는 그날 이후 말문을 닫고 넋이 나간 사람처럼 앉아 있는 아주머니에게 다가가 꼬옥 보듬어 주었다. 뻣뻣하게 경직되어 있던 몸이 긴장을 풀며 품속으로 파고들었다. 그리고 소리 없이 흐느꼈다. 아주머니의 깊은 슬픔이 고례의 뼛속마저 녹이는 듯했다.

"잊지 않을게요. 덕이와 아주머니……."

고례는 주인아주머니에게 아주머니를 부탁하고 떠날 채비를 했다. 주인아주머니는 아주머니를 집으로 데려와 함께 있을 테니 걱정 말고 다녀오라 했다. 가면 다시 오게 될지 알 수 없는 길이었다.

한양 길을 반대로 되짚어 하루 반나절을 가니 멀리 무너미골이 보이기 시작했다. 첩첩 산으로 둘러싸여 있는 무너미골을 어른들은 황계포란형이라 했다. 닭이 알을 품고 있는 형국이란다. 봉황이 깃들어야 하는데 닭이 깃들어 마을 대대로 가난을 면치 못한다고 혀를 차기도 했다.

'닭이 알을 품으면 좋은 거 아닌가?'

고례는 뱅뱅삼거리에서 걸음을 멈추고 무너미골을 오래 바라보았다. 꼬막 껍질을 엎어 놓은 것 같은 초가지붕들, 그 사이로 얼기설기 이어진 샛길들, 아무리 봐도 봉황보다는 닭이 깃들기에 딱 맞춤한 지형이었다. 아늑하고 정겨워 보였다.

마을을 쭉 훑던 고례의 눈길이 어느 한곳에 붙박였다. 무너미골이 닭이 알을 품고 있는 형국이라면, 어미 닭의 가슴팍쯤 되려나, 온종일 종종걸음으로 하루를 나고 있을 엄마가 있는 곳, 누구에겐가 버럭버럭 고함을 질러 대고 있을 아버지와 주린 배를 잊기 위해 놀이에 열중하고 있을 어린 동생들이 있는 집……. 생각만으로도 콧등이 시큰해지고 눈이 뜨거워졌다. 잠시 떠나 있었을 뿐인데 많은 것이 새로워 보였다. 고례는 당산나무 뿌리에 걸터앉았다. 한양도 무너미골도 아닌 이곳에서 고례는 자꾸 망설여졌다.

도련님이 어떤 답을 가지고 올지 예측할 수 없었다. 그 표정에서는 아무런 실마리도 읽어 낼 수 없었다. 고례의 운명을 바꿔 줄 수 있다는 건지 없다는 건지.

고례는 울퉁불퉁 뻗어 나간 느티나무 뿌리를 찬찬히 바라보며 생각에 잠겼다.

'뿌리가 땅속으로만 길을 내는 것은 아니다. 때로는 땅 위로 길을 내며 살기도 한다. 땅 위로 불거진 뿌리들은 아무래도 시련을 많이 당했을 것이다. 사람들 발길에 깔아뭉개지기도 하고 상처를 입기도 하고. 그러나 이렇게 누군가의 쉼터가 되어 주기도 하지. 수백 년 마을을 지켜 온 이 당산나무는 수많은 사람들을 지켜봤겠지. 그 많은 사람들은 다 어디로 갔을까. 그중에 나처럼 억울한 사람도 있었을까. 세상에는 왜 귀한 사람이 있고 천한 사람이 있을까. 누구 말대로 전생에 좋은 일을 많이 한 사람은 양반으로 태어나고, 그렇지 않은 사람은 천민으로 태어난 걸까. 다음 생에도 나는 천민으로 태어나는 건 아닐까?'

고례는 걱정이 되었다. 그럴 리 없었다. 그럼 민 대감은 양반이니까 전생에 좋은 일을 많이 했다는 것인데, 겪어 본 바에 의하면 전혀 그럴 것 같지가 않았다. 그렇다면 오늘이 어제의 업보라는 그 말도 믿을 건 못 되었다.

고례는 이런저런 생각에 빠져 한참을 앉아 있었다. 그러나 어느 것 하나 속 시원히 답을 찾을 수 없었다.

"야, 곰탱이 왔구나!"

느닷없이 들려오는 뚝배기 깨지는 듯한 소리에 눈을 떴다. 중머리재로 가는 길에서 말복이가 나뭇짐을 지고 나타났다. 반가웠다.

"말복이? 야, 나뭇짐이 제법 커졌네?"

고례의 말에 말복이가 머리를 긁적이며 활짝 웃었다. 말복이는 지게를 당산나무에 기대 놓고 고례 옆에 걸터앉았다.

"말복아, 약속 지켜 줘서 고맙다."

"약속?"

"우리 집에 일러바치지 않은 거 말이야."

"아 그거, 난 또 뭐라고. 그럼 사내대장부가 한 번 한 약속은 지키지 안 지키냐?"

말복이는 목에 힘을 주고 당연하다는 듯이 말했다. 저 모습은 어렸을 적부터 많이 봐 왔던 것이다. 말복이는 항상 제가 가진 것이 제일 좋은 것이고, 제가 하는 말은 항상 옳은 말이고, 제가 하는 짓궂은 행동마저도 당연한 것처럼 말했었다. 참 얄미웠지만 고례는 아무 말도 할 수가 없었다. 또래 아이들은 고례를 저희들 무리에 끼워 주지도 않았으니까. 말복이는 동네에서 꼬마 대장이었다. 아이들은 말복이 하는 대로 따라 했다. 말복이가 고례를 놀리고 내치면 아이들도 꼭 그렇게 했다. 말복이가 유난히 고례를 못살게 굴고 놀린 것은 아마도 힘자랑 같은 것이었을 테다. 한양 객지에서 만난 말복이는 사뭇 다른 아이 같았다.

"여기 사내대장부가 어디 있나?"

언젠가 말복이가 그랬듯이 고례는 주위를 두리번거리며 사내를 찾는 시늉을 했다.

"너 한양 물 좀 먹더니 눈이 어떻게 됐나 보구나! 앞에 두고도 못 보는 걸 보니."

"맞아, 한양에는 골목대장 조무래기는 안 살더라고."

"크, 알았다 알았어. 근데 너 어쩔래? 네 아버지 너 잡기만 하면 다리몽둥이를 분질러 놓는다고 난리도 아니던데."

"그러게. 낼부터 못 걸을지도 모르겠네. 그래 차라리 그랬으면 좋겠다. 휴!"

"야, 그렇다고 뭐 그렇게까지 겁먹냐! 아버지들은 원래 다 그렇지 뭐. 설마 다리를 분지르겠냐?"

말복이가 걱정스런 눈빛으로 고례를 쳐다보았다. 이 아이가 자신이 아버지에게 맞을 때 담 너머로 넘겨다보며 웃던 아이였던가. 고례는 새삼 달라진 말복이를 말끄러미 바라보았다.

"왜? 내 얼굴에 뭐 묻었냐? 그렇게 감동하는 눈빛으로 쳐다보면 쑥스럽잖아? 참, 네 아버지가 네 엄마더러 널 빼돌렸다면서 많이 때리던데, 그게 다 무슨 말이냐?"

말복이의 표정으로 보아 그간 아버지의 성화가 짐작되었다.

"엄마가 나 때문에…… 다른 말은 뭐 들은 거 없어?"

"무슨 말?"

말복이는 정말 모르는 건지 알면서도 모르는 척하는 건지 액막이에 대한 말은 하지 않았다.

"아냐, 아무것도. 그만 가 봐라."

"넌 집에 안 갈 거야? 근데 곰탱이, 너 많이 달라졌다."

"뭐가?"

"글쎄, 그러니까, 음…… 여자처럼 변했어!"

"뭐야? 내가 그럼 남자였냐?"

"아니 그러니까, 좀 어른스러워지고, 눈빛도 깊어지고."

제법이었다. 사람 표정까지 살필 줄도 알고. 암튼 예전의 말복이가 아닌 것만은 틀림없었다.

"말복아, 덕이가 죽었어."

"뭐? 그게 무슨 말이냐? 덕이가 죽다니. 아팠어?"

고례는 그간 있었던 얘기를 말복이에게 들려주었다. 말

복이가 주먹을 쥐고 부르르 떨었다. 고례는 말복이에게 말하길 잘했다고 생각했다. 어른들은 덕이의 죽음을 슬퍼하긴 했지만 쉬쉬 덮으려고만 했었다. 그런데 말복이는 고례처럼 분노했다. 왠지 말복이가 더 가깝게 느껴졌다.

"그래서 너도 힘들었구나."

말복이가 걱정스런 눈빛으로 고례를 바라보았다.

"그만 가 봐라. 난 유 의원께 가야 해. 도련님 심부름이야."

"도련님? 아, 그 북촌 사람? 그 사람 좀 이상하지 않냐?"

"이상하다니 뭐가?"

고례는 말복이를 돌아보았다.

"지체 높은 양반들이 왜 이 산골 마을까지 오는지 말이야. 며칠 전엔 노할아버지도 다녀가던데? 유 의원 집에."

"노할아버지가 여길 다녀갔다고? 그래서 며칠 동안 볼 수가 없었구나."

"다른 젊은 양반들도 함께 왔었어. 설마 약 지으러 여기까지 온 건 아닐 테고, 뭔가 이상하단 말이야."

말복이 말을 듣고 보니 고례도 그런 생각이 들었다. 어느 모로 보나 한양이 이 산골보다는 나을 텐데 왜 여기까지 온 것일까.

고례는 처음 도련님을 만났던 날을 떠올렸다. 다른 길을 두고 굳이 위험을 감수하면서까지 불어난 계곡을 건너려 했던 것도 이상했다. 그리고 전혀 어울릴 것 같지 않은 노할아버지와 도련님의 관계, 자기를 고대수라 부르던 도련님의 벗들, 생각할수록 아리송했다.

"참, 그 지세의란 거 말이야. 너 그게 뭔지 알아?"

말복이가 눈빛을 빛내며 물었다.

"몰라."

고례는 한때 목숨처럼 소중하게 지켰던 지세의가 마치 꿈인 것처럼 느껴져 심드렁하게 대답했다. 길지 않은 시간이었지만 그동안의 시간이 고례에게는 몇 십 년이 흘러간 것처럼 아득했다.

"얼마 전 노할아버지가 여기 온 날 말이야, 이상해서 내가 몰래 유 의원 댁에 가 봤거든. 양반들 여러 명이 방 안에 둘러앉아 뭔가를 열심히 들여다보더라고. 바로 그 지세의란 것을 빙빙 돌려 보며 심각하게 얘기를 나누고 있더라. 손가락으로 어딘가를 짚으며 조선이 여기 있다고 하는 거야. 그게 말이 되냐? 조선이 어떻게 거기에 있나? 그 쪼그만 지세의 위에?"

"뭐? 그게 무슨 소리야? 내가 얼마 전에 노할아버지 방에 있는 걸 봤는데? 그게 날개가 달렸냐? 여기 와 있게?"

"참말이라니까!"

말복이는 눈을 부릅뜨고 언성을 높였다.

그 말을 믿어야 할지 말아야 할지 고례는 혼란스러웠다. 다만 도련님이 자기더러 유 의원 집에 가 있으라는 것과, 말복이가 들려준 이야기가 무관하지 않게 느껴졌다. 고례 자신의 입궁 문제라면 한양에서 말해 줘도 됐을 텐데 왜 굳이 유 의원 댁에서 기다리라고 했을까.

'아, 모르겠다. 도련님께 깊은 뜻이 있겠지?'

고례는 생각을 털어 버리기라도 하려는 듯 고개를 세차게 흔들었다.

유 의원은 고례가 올 걸 알고 있었다는 듯이 담담하게 맞았다.

"쯧쯧, 맘고생이 많았겠구나. 그렇다고 여자아이의 몸으로 혼자서 한양 그 먼 길을 갔단 말이냐?"

도련님의 서찰을 읽고 난 뒤 유 의원은 고례를 보며 혀를 찼다.

"도련님, 아니 교리님께 도움을 청하려고……."

"그래, 어쨌든 별일 없었으니 다행이다. 덩치만큼이나 용기 또한 남다르구나. 민 대감을 찾아가 덕이라는 아이의 죽음을 따졌다고!"

칭찬인지 지청구인지 유 의원이 혼자서 중얼거렸다. 그런데 도련님이 덕이 일을 알고 있었단 말인가. 하긴 알 수도 있을 것이다. 국밥집 노할아버지가 말했을 수도 있으니까. 그럼 혹시 덕이 일 때문에 무너미골로 가라고 한 것인가?

고례는 또 끝을 알 수 없는 질문에 빠져들었다. 요즘 들어 고례는 생각 속으로 빠져드는 일이 잦았다.

"왜 여기 와 있으라고 하셨는지 모르겠어요. 혹 서찰에 다른 말씀은 없는지요?"

"근간 김 교리께서 오신다 하니 네 문제는 그때 의논해 보자. 그때까진 여기 머물도록 해라."

고례는 저도 모르게 한숨을 내쉬었다. 서찰에도 그것에 대한 말은 없는 모양이었다. 그런데 이상했다. 왜 도련님은 고례 자신의 문제를 유 의원과 의논하려는 걸까. 유 의원이 무슨 힘이 있다고. 고례는 도무지 이해가 안 되었다.

그때였다.

"이년, 어딜 싸돌아다니다 온 거야. 얼른 이리 나오지 못해!"

거칠게 방문이 열리며 고함 소리가 귀를 찢었다. 아버지였다! 아버지는 약방 문을 잡고 서서 눈을 부라렸다. 사람들 눈에 띄지 않으려고 조심해서 왔는데 어느새 아버지 귀에 들어간 모양이었다.

고례는 얼른 유 의원 뒤로 숨었다.

"이보게, 너무 역정만 내지 말고 잠깐 들어와 앉게. 내가 이 아이에게 심부름을 시켰었네. 중요한 일이라 미리 말하지 못했던 것일세. 미안하네."

유 의원이 둘러대긴 했지만 아버지는 안 믿는 눈치였다.

"이미 다 그른 일인디, 우리같이 천한 것들 힘으로는 어쩔 도리가 없는 일인디, 괜히 쓸데없는 희망 같은 거 심어 주지 마시오!"

아버지는 유 의원을 향해 냅다 소리를 질렀다. 그러고는 득달같이 달려들어 고례의 머리채를 잡고 끌어내렸다.

"네가 도망치면 식구들 다 죽는 거 모르는감? 어디서 어떻게 숨어 살겠다는 것이여? 그것이 액막이 삶보다 나을 것은 뭐여? 그래도 궁에서는 배는 안 곯을 거 아닌감?"

아버지의 말은 비수가 되어 고례의 마음속에 콕콕 모질게 와 박혔다.

"아버지, 나 액막이로 살기 싫어요. 무서워요."

아버지에게 머리채를 잡혀 질질 끌려가면서 고례는 울부짖었다. 그 말에 아버지는 걸음을 멈추고 머리채 쥔 손을 놓왔다. 아니 손이 풀린 것이다. 지금까지 살면서 고례가 싫다고 거부한 적은 한 번도 없었으니까.

"다 하늘이 정한 운명인 겨."

"아녀요! 하늘이 정한 건 아무것도 없어요. 정말 하늘이 있다면 그렇게 나쁜 양반이 있을 리 없잖아요. 죄 없는 아이를 죽여 놓고도 저렇게 잘 먹고 잘 살고 있는데…… 크흐흑."

"뭐여?"

놀란 것은 아버지만이 아니었다. 유 의원도 놀라는 눈빛이었지만 고례 자신이 더 놀라고 있었다. 어디서 그런 용기가 났을까. 그러나 마음 한구석이 후련해진 느낌이었다.

"그래, 너 말 잘했다. 하늘은 없을지 몰라도 양반은 있어. 그러니까 택도 없는 소리 말어! 세상이 환장을 해서 뒤집어지지 않는 담에야 우리 편은 없는 겨!"

아버지는 고례를 마루에 내팽개치고는 씩씩거리다 나가 버렸다. 아버지의 구부정한 뒷모습이 고례의 그렁그렁한 눈 속에서 점점 작아졌다.

삼 일째 되는 날 약속대로 도련님이 왔다. 얼굴에 수심이 가득했다. 기쁜 소식을 전하려는 표정은 아니었다. 기쁜 소식이란 뭘까. 고례는 생각했다. 액막이로 가지 않아도 된다는 소식? 그게 기쁜 소식일까. 액막이로 가지 않는다 해도 남은 날들이 행복할 것 같진 않았다.

고례는 한양에서 말복이를 찾기 위해 달렸던 끝도 없이 이어지던 피마골이 생각났다. 나중에 길이 익숙해졌을 때 보니 피마골은 아주 단순했다. 피마골은 큰 대로변을 피해 달아난 길이었지만, 결국 큰 대로변을 바로 지척에 두고 있었다. 아무리 골목이 휘어지고 휘어져도 큰 대로와 이어져 있었다.

고례가 액막이를 피해 달아나도 태어날 때부터 붙어 버린 '고래아이'의 운명에서 벗어날 수는 없었다.

"자네는 보기 드물게 힘세고 용기 있는 여자네. 여자지만 그 힘과 용기를 필요한 곳에 쓴다면 누구보다 빛나는 생을 살게 될 것이네."

"예?"

도대체 무슨 말을 하는 것인가. 고례는 도련님을 빤히 쳐다보았다. 칭찬이 분명한데 칭찬 같지 않게 느껴지는 건 왜일까. 고례는 한 마디 한 마디 할 때마다 달싹이는 도련님의 입을 가슴 졸이며 바라보았다.

"저 같은 천한 것에게 빛나는 생이라뇨?"

"어떤 상황에서든 자신을 업신여기지 말게."

도련님이 무척 힘들어 하고 있는 게 역력히 보였다. 고례는 자기 방식대로 그 말과 표정을 해석했다. 도련님은 고례의 운명을 바꿀 수 없는 것이다. 피눈물로 절규하던 아주머니의 슬픔이 두터운 솟을대문에 부딪쳐 산산조각 나 버린 것처럼.

"나리, 궁으로 가겠습니다."

"?"

도련님이 놀란 눈으로 고례를 쳐다보았다. 그리고 알았다. 자신이 힘들게 말하려던 것을 눈치채고 하는 말이 아니란 걸 고례의 눈빛을 보고 읽어 낸 것이다. 도련님이 아픈 눈빛으로 고례를 지그시 바라보았다.

"미안하네. 자네 심정이 어떨지 짐작만 할 뿐이네. 지금 이런 세상에선 절대로 자넬 구해 줄 수가 없네……. 그러나 아주 절망은 말게. 내 기필코 자네와 더불어……."

고례의 눈에서 뜨거운 눈물이 후두둑 떨어졌다.

궁궐 사람들

　고례는 눈이 휘둥그레졌다. 별감을 따라 궁궐 안으로 들어서자 높고 화려한 전각들이 다투듯 즐비했다. 그 사이를 이상한 옷차림과 머리 모양을 한 여자들이 바쁘게 오가고 있었다. 말로만 듣던 궁녀들이었다. 그들은 궁궐 여기저기 무리지어 피어난 꽃 같았다.

　앞쪽에서 한 무리의 생각시들이 호호거리며 다가왔다. 고례를 보더니 멈칫 놀란 눈으로 쳐다보았다. 그 모습이 무너미골 동생들처럼 귀여웠다. 고례도 걸음을 멈추고 생각시들을 바라보았다.

　'임금님은 참 욕심이 많은 분인가 봐. 아직 어린데.'

　궁녀들은 평생 혼인하지 않고 오직 임금님만을 위해 산다고 했다. 임금님이 붕어(목숨이 다해 죽다)하면 그때야 궁을 나

갈 수 있다고 들었다.

별감을 따라 한참을 더 걸어 어딘가에 도착했다. 지나오면서 보았던 다른 전각들보다 작고 사람들의 왕래도 많지 않은 곳이었다.

"오늘 입궁한 아이네. 국무께 고하고 마땅한 곳에 두게."

별감은 깡마른 체구에 강파른 인상을 한 여자에게 보따리를 넘기듯 고례를 넘겨주었다. 여자는 곱지 않은 시선으로 고례의 위아래를 훑었다.

"흥, 보기 드문 흉물일세."

강파른 여자의 비아냥거리는 말투에 고례는 자동적으로 목이 움츠러들고 등이 굽어들었다. 사람들 앞에서 멸시를 받을 때면 나오는 버릇이다. 고례는 엄마의 치맛자락이라도 되는 양 보따리에 슬그머니 얼굴을 묻었다.

보따리! 문득 기억 하나가 떠올랐다. 도련님이 계곡에서 잃어버린 보따리를 찾아 안고 한양으로 가던 날, 고례는 처음으로 동네를 벗어나 보았다. 도련님만이 자신의 운명을 막아 줄 것이라 굳게 믿고 나선 길이었다. 그런 용기를 내게 해 준 건 다름 아닌 보따리였다. 보따리엔 도련님이 목숨을 걸고 지키고자 했던 지세의가 있었기 때문이다. 그러고 보니 보따리는 고례에게 새로운 시작을 알리는 징표였다. 지금 이 보따리는 궁궐 생활의 시작을 알리는 것이다. 그렇다면 보따리 속으로 숨어서는 안 된다. 궁으로 떠나오기 전 도련님은 고례에게 분명히 말했다.

'자신을 업신여기지 말게. 자네는 힘세고 용기 있는 여자네. 언젠가 자네의 그 힘과 용기를 긴히 쓸 때가 올 것이네.'

고례는 자신의 힘과 용기를 필요로 하는 곳이 이 세상에 있을까 싶었지만, 이상하게 그 말을 듣자 가슴 저 밑바닥에서 둥둥둥 북소리가 울리는 것 같았다.

고례는 보따리에 파묻었던 얼굴을 치켜들고 강파른 여자를 똑바로 쏘아보았다.

"흥, 꼴에 성깔은 있나 보네. 감히 어딜 똑바로 쳐다봐!"

강파른 여자는 고례에겐 독사의 혀를 날름거리다 별감과 눈이 마주치자 언제 그랬냐는 듯 눈웃음을 흘렸다. 결코 녹록지 않을 궁궐 생활을 예감하며 고례는 밖으로 눈길을 돌렸다.

크고 작은 나무들과 연못이 잘 가꾸어져 있는 이곳은 뭔가 은밀한 사연을 품은 듯 보였다. 지나오면서 보았던 다른 전각들과 분위기도 달랐다. 여긴 어딜까?

"여긴 관월당이다. 중전마마께서 중히 여기시는 곳이니 각별히 조심하여라."

궁금해하는 고례의 마음을 알았는지 별감이 말했다.

'중전마마가 여기서 뭘 한다는 거지?'

고례는 그렇게나 높은 분이 여기서 뭘할까 여전히 궁금했지만 더 묻지 않았다.

"보따리는 저쪽 끝 방에 냉큼 두고 와. 오늘부터 네가 할 일을 일러 줄 테니."

고례는 무수리가 되었다. 육척 장신에 웬만한 사내 몇 명의 몫은 해 낼 것 같은 체구가 무수리에 적격이었다. 고례는 물 긷는 일부터 시작했다. 이곳에는 담장 밖에 우물이 하나뿐이어서 물 긷는 일이 여간 고역이 아니었다. 거기다 물을 버리는 시설도 없어 다 쓴 구정물도 갖다 버리려면 하루에도 몇 번씩 우물을 왕래해야 했다. 같은 무수리라도 가장 천대받는 무수리가 그 일을 했다.

무수리는 궁녀와 달랐다. 엄격히 말하면 무수리는 궁녀가 아니었다. 왕과 왕비 그리고 세자나 후궁 들을 모시는 상궁과 나인을 궁녀라 불렀다. 무수리는 그런 궁녀의 처소에서 궁녀들의 심부름을 하거나 궂은일을 했다.

강파른 여자는 무수리 중에서도 '큰상전 무수리'라 불렸다. 무수리는 궐내에서 최하층이었지만 그들 내부의 서열은 엄격했다. 그래서 무수리들에게는 상궁마마나 항아보다도 더 무서운 사람이 큰상전 무수리였다.

고례와 한방을 쓰는 각심이(상궁의 처소에서 일하는 가정부)는 고례와 나이가 같은데도 상전 노릇을 했다. 고례보다 일 년 먼저 궁에 들어왔다고 텃세를 야무지게 부리는 것이었다.

"이제부터 상궁마마님과 항아님들 요강은 네가 다 비워!"

새벽부터 물을 길어 나르고 늦게 아침밥을 먹으려는 고례를 막아서며 각심이가 말했다.

"그건 네가 할 일이잖아."

각심이는 본래 궁녀들의 방을 청소하는 아이다. 그런데 고례에게 제 일을 자주 떠넘겼다. 큰상전 무수리가 고례를 싫어한다는 걸 알고 그쪽에 달라붙은 것이다. 제 말을 듣지 않으면 큰상전 무수리에게 일러바쳐 매를 맞게 했다.

"좁아 터진 방에서 덩치 큰 너하고 자려니 얼마나 갑갑하고 힘든 줄 알아? 그러니까 방을 많이 차지한 네가 일도 더 많이 해야지!"

각심이는 얼토당토않은 이유로 고례에게 제 일을 하나씩 떠넘겼다. 그러곤 저는 다른 방 각심이들과 노닥거렸다.

"킥킥, 여자인 건 확실해?"

무슨 흉을 보는지, 다른 방 각심이들이 고례를 보면 킥킥거렸다. 몹시 불쾌했지만 참는 수밖엔 없었다. 각심이는 큰상전 무수리를 배경으로 둘러쳤다. 그 대가가 무엇인지는 알 수 없었다.

큰상전 무수리는 고례에게 호시탐탐 낚싯대를 드리우고 있었다. 평소에 고분고분한 고례였지만 보여지는 체구에서 두려움을 느꼈는지 제 힘을 고례에게 과시하려 했다. 그래서 각심이의 소행을 알면서도 눈감아 주었다. 그나마 다행인 게 큰상전 무수리는 처소에 기거하지 않고 궐 밖에서 출퇴근을 한다는 것이다. 그렇지 않았다면 고례는 밤중까지 들볶였을지 모른다.

조금 전 구정물을 버리고 오다 고례는 큰상전 무수리와 마주쳤다. 뭐가 그리 급했는지 고례의 인사도 받지 않고 부리나케 뛰어가는 것이었다.

고례가 일을 마치고 처소로 들어서는데 상궁마마 방에서 큰소리가 났다.

"네 이년, 바른 대로 고하지 못할까? 매를 맞아야 실토하겠느냐?"

몹시 진노한 듯한 상궁마마의 목소리가 예사롭지 않았다.

"마마님, 쇤네는 정말 모르는 일이옵니다. 흑흑."

각심이 목소리도 새어 나왔다.

"그것이 날개가 달렸더란 말이냐? 방 청소를 하는 네가 모르면 누가 알아?"

상궁마마의 목소리가 허공에 쩡쩡 부서졌다. 여기저기서 방문이 빼꼼 열리고 놀란 눈빛들이 오갔다. 무슨 일인지 모르지만 불여우 같은 각심이가 또 잔꾀를 부리다 들켜서 혼나는 모양이었다. 각심이가 없으니 잠시라도 편히 누울 수 있겠다 싶어 고례는 몸을 뉘었다. 그런데 누군가 방문을 사납게 열어젖혔다.

"샅샅이 뒤져 보아라!"

갑자기 나인들이 굶주린 이리 떼처럼 들이닥치더니 방 안을 몽땅 헤집어 놓았다. 고례는 도대체 무슨 일인지 알 수가 없어 두 눈만 끔벅거리며 서 있었다.

"마마님, 여기 이상한 것이 있습니다."

각심이가 무엇인가를 집어 들고 소리쳤다. 고례는 자지러질 듯 놀랐다. 그것은 도련님의 향낭이었다. 입궁하기 전 도련님은 고례를 찾아와 이런저런 당부를 남기고 서둘러 갔다. 고례가 천근만근 무거운 마음을 일으켜 방을 나서려는데 도련님이 앉았던 방석 위에 뭔가 떨어져 있었다. 옥색 향낭이었다. 좋은 냄새가 났다. 매사에 반듯한 도련님이 물건을 빠뜨리다니 의외였다. 어쩌면 일부러 두고 간 것일지도 모른다는 생각이 들었다. 고례는 향낭을 소매 안쪽에 깊숙이 넣었다.

'다음에 만나면 돌려 드려야지.'

그러나 입궁할 때까지 다시 만날 기회가 없었다.

"이건 향낭이 아니냐? 귀한 것 같은데, 네가 어찌 이런 걸 가지고 있느냐?"

상궁마마의 말에 모두들 고례를 수상한 눈빛으로 바라보았다.

"그, 그건……."

고례는 사실대로 말할 수가 없었다.

"수상하구나. 저년을 당장 끌어내라. 없어진 노리개도 저년의 소행임이 분명하다."

나인들이 득달같이 달려들어 고례를 끌어냈다.

"아닙니다. 그건 훔친 게 아닙니다."

그러나 궁궐 사람들의 반응은 너무도 싸늘했다. 아무도 고례의 말을 믿어 주려 하지 않았다.

"생긴 것만 흉물스러운 줄 알았더니."

"그러게, 꼴에 손버릇까지 고약하다니."

여기저기서 쑥덕거리는 소리가 들렸다. 각심이는 고례와 눈이 마주치자 얼른 눈길을 돌려 버렸다. 뭔가 수상했다.

"그래, 노리개는 어디에 감췄느냐? 그리고 이것은 또 어디서 훔쳤고? 바른 대로 말하지 않으면 물볼기를 칠 것이야!"

서릿발 같은 목소리가 밤하늘을 쩌렁쩌렁 울렸다.

"전 훔치지 않았습니다. 그리고 이건…… 서, 선물 받은 겁니다."

"뭐? 선물 받았다고? 허어!"

빙 둘러선 여자들의 입에서 실소가 흘러나왔다.

"각심이년 말로는 네가 맨 나중에 내 방에 들어갔다는데 사실이렷다?"

"네, 요강을 비우러 들어가긴 했으나 전 아무것도 훔치지 않았습니다."

"훔치지 않았다? 그럼 네 보따리에서 나온 이 물건의 출처를 왜 대지 못하는 것이냐? 고얀 것!"

상궁마마는 향낭을 두드리며 말하더니 옆에 선 나인에게 그것을 던졌다.

"맹세코 전 훔치지 않았습니다. 그리고 그건 제 것이니 돌려주십시오!"

고례는 정말 억울하고 화가 났다. 그래서 상궁마마를 쏘아보았다.

"아주 맹랑하고 버릇이 없구나. 보아하니 이것은 지체 높은 양반들이나 사용하는 향낭인데, 이걸 네게 준 사람이 있단 말이냐. 그 사람이 누구더냐?"

"……."

꼼짝없이 도둑으로 몰린다 해도 고례는 도련님의 함자를 입에 담을 수 없었다.

"저, 저런 고얀 것, 내일 아침 감찰 상궁께 고할 때까지 저 년을 가둬라."

여자들이 고례의 양팔을 붙들려 하자, 고례는 획 뿌리쳤다. 두 여자가 낙엽처럼 나가떨어졌다.

"아니, 뭣들 하는 게야. 어서 저년을 잡아 묶지 않고!"

여자들 서너 명이 함께 달려들었지만 그들도 고례의 발버둥에 속수무책 나가떨어졌다. 그 광경을 보고 모두들 입을 다물 줄 몰랐다.

"세상에 웬 힘이 저렇게 세?"

결국 별감과 군졸 대여섯 명이 와서야 고례를 묶어 광에 가둘 수 있었다. 그 와중에 군졸들이 휘두르는 몽둥이에 맞아 고례의 머리에서 피가 흘러내렸다.

다음 날이 되어도 고례는 광에서 나올 수 없었다. 감찰 상궁마마가 바쁘니 기다리라는 전갈뿐이었다. 가슴속에서 불덩이가 울컥울컥 솟아올랐다.

그때였다. 어디선가 흥얼거리는 듯 흐느끼는 듯 노랫소리가 들려왔다.

연못에 든 고기들아
누가 너를 여기에 가두었느냐
맑고 맑은 넓은 강물 두고
어찌 이 못에 갇혔느냐
들고서 못 나가는 처지는
너와 내가 무엇이 다르랴

누가 부르는 노래일까. 울화가 가득 찬 가슴에 쏴아 찬물이 부어지는 것 같았다. 고례는 가끔 연못가에 홀로 앉아 있던 궁녀가 떠올랐다. 가녀리고 얌전한 자태에 걸맞은 목소리였다.

"쳇, 부러워할 거 없어. 저 견습 궁녀들은 궁궐에 들어와 십오 년이 지나야 관례식을 치르고 정식 궁녀가 돼. 왕을 위해 평생 궁궐에서 살겠다는 의식이래. 그때부터 비로소 진짜 궁녀가 되는 거고. 지금은 우리나 저나 다를 게 뭐람?"

언젠가 각심이가 그 궁녀를 보며 말했다. 말은 그렇게 해도 각심이는 내심 그 궁녀가 부러웠나 보았다. 묻지도 않은 말을 저 혼자 삐죽삐죽 내뱉었다.

노랫소리는 끊어졌다 이어졌다 했다. 저 궁녀도 자신처럼 궁궐이라는 커다란 광에 갇혀 슬퍼하고 있는 거라고 고례는 생각했다.

고례는 눈을 감고 선율에 몸을 실었다. 발목을 잡고 늘어지던 울분이라는 돌덩이가 떨어져 나갔는지 몸이 붕 떠올랐다. 고례는 선율을 타고 궁궐을 한 바퀴 돌고 난 뒤 높은 담을 훌쩍 넘었다. 넓디넓은 바다가 눈앞에 펼쳐졌다.

바다!

햇살에 반짝이는 은빛 물비늘 위로 수많은 물고기 떼가 솟구쳐 올랐다. 아름다운 비상이었다! 고례는 저도 모르게 그곳으로 날아갔다. 고래 떼였다! 고래 떼는 마치 고례를 기다리고 있었다는 듯 주위로 몰려들었다. 고례는 고래 떼와 신나게 놀았다. 바닷속으로 풍덩 뛰어들었다가 물 위로 슈욱, 솟구쳐 오르면 깔깔깔 웃음 같은 물보라가 햇빛 속으로 찬란히 흩어져 내렸다. 그때 아기고래 한 마리가 고례에게 바짝 다가왔다. 고례가 아기고래에게 손을 흔들었다. 그러자 아기고래가 고례의 품속으로 쏙, 들어왔다.

헉!

고례는 번쩍 눈을 떴다. 깜박 잠이 든 모양이었다. 고례는 가슴을 쓸어내렸다. 아기고래가 안기던 느낌이 너무 생생해서 가슴이 팔딱거렸다.

액막이

"야, 국무님이 찾아. 빨리 가 봐."

고례가 막 물동이를 이고 처소에 당도했을 때였다. 각심이가 득달같이 달려왔다. 도난 사건이 있은 후 각심이는 고례에게 잘했다. 제 딴에는 미안한 마음이 들어 그러려니 생각되어 그냥 받아 주었다. 나중에 밝혀진 사실이지만 상궁마마의 노리개를 훔친 건 큰상전 무수리였다. 각심이는 그 사실을 알면서도 후한이 두려워 사실대로 고하지 못하고 고례에게 덮어씌운 것이었다. 향낭의 출처를 추궁당했지만 고례는 끝내 대답하지 않았다. 며칠을 굶는 벌로 사건은 무마되었다.

"국무님이 누군데?"

"궁궐에서 굿을 집전하는 만신 말이야. 곧 굿을 할 거래!"

"뭐, 굿?"

고례는 가슴이 철렁했다. 하마터면 물동이를 떨어뜨릴 뻔했다. 액막이……! 한동안 잊고 있던 악몽이 다시 떠올라 몸이 부르르 떨렸다.

"몰랐어? 여기 관월당은 원래 중전마마께서 굿을 위해 마련한 곳이래. 난 굿이 있을 땐 살맛이 나. 사람들도 많이 드나들고 먹을 것도 풍성하거든. 굿이 끝나면 맛난 떡이랑 고기도 배불리 먹을 수 있어."

각심이는 신명이 나는지 묻지도 않은 말을 좋알좋알 쏟아냈다.

"이번에 하는 굿은 병굿이래. 도무님과 종무님이 하는 말을 살짝 엿들었어."

"병굿?"

"그 뭐라더라. 나라가 병들어 아프다 했던가? 아냐, 이 나라에 오만방자한 무리들이 들어와 나라를 병들게 했다던가? 뭐 그런 비슷한 말이었어. 에이, 아무려면 어때? 우린 굿이나 보고 떡이나 먹으면 되지."

각심이는 웃기까지 했지만 고례는 아까부터 다리가 후들거리는 걸 간신히 참고 있었다.

"아, 넌 한 번도 굿을 보지 못해서 모르겠구나. 직접 보면 너도 입이 쩍 벌어질 거야. 얼른 가자. 근데 국무님이 왜 널 부르지?"

고례는 무거운 마음으로 각심이를 따라 국무가 있는 방으로 갔다.

"흠, 네가 바로 그 아이로구나. 듣던 대로 체구가 놀랍구나. 보름날 저녁에 굿판이 열릴 것이니 몸과 마음을 정갈히 하여라. 이번 굿은 중전마마께서 특별히 준비하시는 것이니, 이제부터 궂은일을 멈추고 오직 신령님만을 생각하며 몸과 마음이 지은 죄를 씻어라."

"예?"

죄를 씻으라니. 내가 무슨 죄를 지었다고. 고례는 기가 막혔다. 옆에서 각심이가 놀란 토끼 눈을 하고 고례를 쳐다보았다. 올 것이 오고야 말았다.

그날 밤부터 고례는 국무의 옆방에 머물렀다. 방에는 신단이 모셔져 있고 향이 끊임없이 타올랐다. 신단 위에는 장군과 산신령을 합쳐 놓은 것 같은 무서운 그림이 걸려 있었다. 그 옆에는 눈을 부릅뜬 귀신 형상들이 덕지덕지 붙어 있었다. 방 안에 온통 귀신들이 우글대는 것만 같아 고례는 무섭고 정신이 사나웠다. 감옥이 따로 없었다. 게다가 일정한 간격으로 국무가 쳐 대는 징 소리에 머리가 터질 듯이 아팠다. 굿을 하는 날까지 삼칠일을 지옥 속에서 견뎌야 했다. 액막이는 국무의 허락 없이는 아무도 만나서는 안 되었다.

도련님은 이런 상황을 알고 있을까? 궁으로 들어온 후 한 번도 만난 적이 없다. 야속한 마음이 들었다. 곧 기별을 보내겠다 했었는데 궁에 들어온 지도 수개월이 흘렀다.

고례는 도련님과 나눴던 말을 떠올리며 이 두려움을 견디려 애썼다.

그날, 옥윤은 마음이 무거웠다. 목숨을 빚진 아이한테 도움을 줄 수 없어 어떻게 말문을 열어야 할지 난감했기 때문이다. 그런데 고례가 먼저 스스로 궁에 들어갈 결심을 비추어 놀라운 한편, 반가웠다.

"정말 결심한 것인가?"

"달리…… 방도가 없잖아요. 기적이 일어나 액막이의 운명에서 풀려난다 한들 별다를까요? 차라리 피하지 않고 가 보겠습니다."

"……"

"제 동무 덕이의 죽음을 보면서 알게 되었어요. 백성 따위 하찮은 양반들……."

고례는 다시 목이 메어 말을 잊지 못했다.

"미안하네. 세계는 지금 도도한 새 물결을 맞아들이고 있는데……!"

도련님은 깊은 한숨을 내쉬었다. 도련님의 말을 이해할 수는 없었지만 까무룩 꺼져 내리는 한숨의 의미는 알 듯도 싶었다. 아무리 덕이의 죽음을 살펴 달라고 울부짖어도 귓구멍을 막아 버린, 아니 오히려 죽은 아이를 죄인으로 만들어 버리던 그 어처구니없는 상황 앞에서 고례도 그런 마음이었다.

"세상이 바뀌지 않고는 이런 일들이 사라지지 않을 것이네. 우리 조선은 아직도 낡은 제도와 편견 속에서 허우적이고 있네. 새롭게 변하지 않으면 세계 열강 속에서 살아남을 수 없어."

"세상이 바뀔 수도 있나요?"

"이미 바뀌었어. 우리 조선만 주저앉아 있는 것이지."

"한 번 타고난 천한 신분도 바꿀 수 있다는 말입니까?"

"신분을 바꾸자는 게 아니네. 그런 제도 자체가 무의미하다는 거지. 그런 것들이 이 나라를 우물 안 개구리로 만드는 것이지. 지금 이 나라는 눈먼 장님의 나라와 다를 게 없네."

도련님은 불현듯 일어나 윗방으로 건너가더니 지세의를 들고 왔다.

"지세의?"

"맞네, 이것을 지세의라고 하지."

도련님은 지세의를 빙 돌리더니 한 곳을 짚었다.

"여기가 우리 조선이라네. 이 세상은 조선이 아니고도 수 많은 나라들로 이루어져 있어. 이 나라들이 서로 먹고 먹히 면서 이 둥근 세상을 이루고 있지. 지금 우리가 스스로 힘을 기르지 않으면……."

도련님은 나라를 걱정하고 있었다. 고례는 그런 도련님이 야속했다. 이 나라가 어떻건 고례는 상관없었다. 나라에는 나라님이 계시고 지체 높은 양반들이 있는데 왜 자신이 걱 정해야 되는지. 그보다 얼마 후면 궁궐 액막이로 들어가야 하는 자신의 신세가 더 걱정이었다.

"나와 더불어, 아니 내 벗들과 더불어 새 세상을 만들어 보 지 않겠는가?"

"예? 저 같은 것이 무슨……."

"자넨 다른 사람에겐 없는 큰 장점이 있네. 그 힘과 용기, 그 둘이면 충분하네."

"……나라까지는 몰라도, 이런 세상이 바뀔 수 있다면…… 제가 할 수 있는 일이 무엇입니까?"

"궁에 들어가 기다려 주게. 아주 중요한 일을 자네에게 맡

길 것이네. 적당한 때가 오면 내가 연락을 넣겠네."

도련님이 가고 난 뒤 고례는 넋 빠진 사람처럼 앉아 있었다. 액막이로 살고 싶지 않아 도련님에게 도움을 청하러 갔었는데, 세상을 바꾸겠다는 도련님의 일을 돕는 처지가 되어 버렸다. 어쨌든 스스로 궁에 들어가겠다고는 했으나 두려움까지 가신 건 아니었다.

그날 밤 고례는 자다가 몇 번이나 소스라쳐 일어났다. 반복되는 악몽 때문이었다. 무당의 칼날에 맥없이 쓰러지던 닭의 비명 소리, 찢어진 옷으로 알몸을 가린 채 극심한 두려움에 떨고 있는 덕이, 그 둘의 모습이 뒤섞여 자신의 모습으로 변하는 것이었다.

"홍 내관께서 예까지 어인 걸음이신지요?"

고례가 한참 생각에 잠겨 있을 때 옆방에서 국무의 목소리가 들려왔다. 평상시와는 다른 놀란 목소리였다. 고례는 벽에 바짝 귀를 갖다 댔다.

"험험, 중전마마께서 이번 굿에 특별히 정성을 쏟으신다 하여 전하께서도 관심이 많으시네. 준비는 잘되고 있는가?"

"차질 없이 정성껏 준비하고 있습니다."

"그래, 이번 굿에는 무너미골에서 들인 액막이를 쓴다고?"

"아니 홍, 내관께선 어떻게 액막이의 태생지까지 알고 계십니까? 지금 옆 신방에서 심신을 정갈히 하고 있는 중입니다."

'무너미골?'

고례는 무너미골이라는 소리에 귀가 번쩍 뜨였다.

"내가 한번 봐도 되겠는가? 전하께 고하려면 내 눈으로 직접 봐야지. 험험."

"그리하시지요."

누굴까, 자신이 무너미골에서 왔다는 걸 아는 사람이? 그때 국무가 부르는 소리가 들렸다.

"이쪽으로 건너오너라."

고례는 옆방으로 갔다. 홍 내관이라는 사람은 고례를 보자마자 눈이 번쩍 커졌다. 그러나 곧 아무렇지 않은 척 말했다.

"호오, 과연 고대수가 따로 없구먼."

"고대수라뇨?"

국무가 흡족한 표정을 짓더니 물었다.

"기골이 장대하여 귀신도 때려잡았다는 옛이야기 속 인물이라네."

"암요. 이만한 액막이라면 천지 귀신을 다 때려잡고도 남을 겁니다. 호호."

'고대수? 나를 고대수라고 부르는 사람이라면?'

고례는 도련님의 벗들이 자신을 그렇게 불렀던 것을 기억해 냈다. 그러고 보니 자신을 바라보는 홍 내관의 눈빛이 남달랐다. 도련님과 아는 사이임이 분명했다.

"맞습니다요, 그런 말을 들은 적이 있지요."

고례는 얼른 홍 내관에게 말을 붙였다.

"옳거니, 그랬을 것이다."

홍 내관이 만족스럽게 고개를 끄덕였다. 고례는 가슴속이 뭉클해졌다. 도련님이 보낸 사람이다! 도련님은 나의 상황을 알고 있는 것이다. 홍 내관을 보낸 건 나에게 잘 버텨 내라는 당부와 위로일 것이다. 고례는 힘이 났다.

어둑새벽부터 관월당은 부산스러웠다. 간밤을 뜬눈으로 꼬박 새운 고례는 밖에서 들려오는 작은 소리 하나에도 솜털까지 곤두섰다. 굿에 쓰일 음식을 만들고 제기들을 준비하느라 밖에서는 밤새 종종걸음 치는 소리가 끊이지 않았다.

고례는 액막이 제물로 꾸며졌다. 붉은 옷으로 입혀지고 옷 위에는 부적 같은 것들을 덕지덕지 붙여 놓았다. 고례는 제 모습에 소름이 끼쳤다.

관월당 앞뜰에는 흰 차일이 쳐 있고 많은 사람들이 모여 있었다. 그 가운뎃길을 걸어 고례는 높다랗게 차려진 제단 앞에 꿇어앉혀졌다.

"액막이인가 보네. 아이고 마마도 홍역도 다 가져가시구래."

"액막이 덩치가 황소만 해서 모든 횡액을 거뜬히 다 가져가겠어."

여기저기서 쑥덕거리는 소리가 들렸다. 잘 견뎌 내리라 밤새 다짐을 했건만 고례는 다리가 후들거렸다. 옷을 꽉 움켜잡았다. 그러나 움켜쥔 손마저 덜덜덜 떨렸다. 시간이 흐를수록 등줄기와 허리가 뻣뻣하게 굳어 갔다.

'엄마, 엄마, 엄마 무서워요!'

고례의 볼 위로 뜨거운 눈물이 흘러내렸다. 엄마가 보고 싶었다. 엄마를 보면 이 두려움이 사라질 것 같았다. 그러나 엄마는 멀고 먼 무너미골에 있다. 지금 고례가 액막이가 되어 공포에 떨고 있는 것도 모르는 채.

"지잉— 징 징 징 징."

드디어 굿의 시작을 알리는 징 소리가 괴기스럽게 울려 퍼졌다. 사람들이 일제히 두 손을 비비며 뭐라뭐라 중얼거리며 허리를 굽혔다.

국무가 앞으로 나섰다. 국무는 빨강 초록 노랑을 덧댄 긴

옷자락을 펄럭이며 날뛰었다. 뭔가를 연신 중얼거리다 느닷없이 미친 듯 뛰어다니다 고래고래 소리를 질러 대기도 했다. 고례는 간이 콩알만 해졌다.

"별성마마, 손님마마, 역신마마님은 들으시오. 우리 중전마마께서 정성을 다해 차려 놓은 이 음식들 많이 많이 잡수시고 마마, 홍역, 역병일랑 내려놓지 마시고, 그저 손님처럼 조용히 왔다 조용히 가시옵기를 비나이다 비나이다."

국무는 손대를 들고 여기저기 휘저어 대며 손님풀이를 했다. 징 소리가 관월당 앞마당을 들었다 놨다 했다.

"중국 강남에 사는 손님이~ 조선 땅을 찾아와~ 가난한 노구할매 집에 당도하셨다~ 손님네는 다시 조선 임금의 꿈에 현몽하여 팔도의 무당으로부터 굿을 받으니~ 어화, 이 정성이 갸륵한지고~ 만세에 복과 명을 누릴지니라~."

굿판에 있던 사람들은 두 손을 싹싹 비비며 국무가 부르는 손님풀이에 고개를 끄덕끄덕 굽실굽실했다. 신명이 난 국무는 보통 사람들의 눈에 보이지 않는 손님네와 말을 주고받는 시늉을 했다. 사람들이 국무를 우러러 쳐다보았다.

중전마마도 제단 앞에 무릎을 꿇고 앉아 열심히 두 손을 비비며 빌었다. 죽 늘어선 상궁과 나인 들도 중전마마를 따라 머리를 조아렸다. 고례는 그런 광경이 좀 이상했다. 저렇게 높고 귀하신 중전마마 힘으로도 안 되는 일은 도대체 무엇일까.

혹시 그분도 이곳에 오셨을까? 문득 도련님이 가까이에 와 계실지도 모른다는 생각에 고례는 불현듯 고개를 들어 주위를 두리번거렸다. 저만치 연못가 버드나무에 몸을 반쯤 숨긴 사람이 눈에 들어왔다. 도련님인 것 같았다. 고례는 벌떡 일어섰다. 도련님에게 가고 싶었다. 도련님에게로 숨고 싶었다.

그 순간 국무가 고례 쪽을 향해 돌아섰다. 액막이를 할 순간이었다. 긴 칼을 들고 쌀을 뿌려 대면서 국무가 고례에게 다가왔다.

징징징.

징 소리가 빠르게 울렸다. 고례는 놀라 비명을 질렀다. 그러는 고례를 보고 국무도 놀라 비명을 지르더니 부들부들 떨었다. 급기야 눈을 까뒤집고 쓰러졌다. 종무가 급히 달려와 국무를 부축했다.

"으으! 악귀, 악귀다!"

국무는 허공에 대고 알아들을 수 없는 소리로 횡설수설하더니 고례를 손가락으로 가리켰다. 사람들이 놀라 웅성거리기 시작했다.

"국무가 쓰러졌다!"

굿판은 삽시간에 아수라장이 되었다.

"손님네가 노하셨다! 저 악귀를…… 저 악귀를 물리쳐라."

국무가 고례를 가리키며 입에 거품을 물었다. 고례는 그런 국무가 너무 무서웠다. 어디서 왔는지 군졸들이 달려들어 고례의 팔을 붙잡고 주저앉혔다. 고례는 일어서려고 발버둥을 쳤다. 그 사이 나무 뒤에 있던 남자는 흔적도 없이 사라져 버렸다. 헛것을 보았는가? 고례는 사방을 두리번거렸다. 군졸들이 고례의 몸에 오랏줄을 감으려고 했다.

"난 악귀가 아니야!"

육척 거구에 부적이 덕지덕지 붙은 붉은 액막이옷을 걸치고 날뛰는 고례를 보자 사람들의 입에서 비명 소리가 절로 터져 나왔다. 고례는 자신을 포박하려는 군졸들을 잡히는 대로 메다꽂았다. 장정들이 낙엽처럼 나가떨어졌다. 그 광경을 바라보는 사람들은 벌린 입을 다물지 못했다. 저쪽에서 중전마마가 이 광경을 묵묵히 지켜보고 있었다.

한참을 날뛰던 고례는 어떤 강렬한 눈길을 느꼈다. 중전마마가 자신을 뚫어지게 보고 있었던 것이다. 고례는 자기도 모르게 털썩 주저앉았다.

"그 아이를 이리 데려오너라."

중전마마의 목소리는 낮지만 강한 힘이 있었다. 고례는 중전마마 앞으로 끌려갔다.

"대단한 힘을 가졌구나. 나이가 몇이더냐?"

"열넷이옵니다."

"그래? 오늘부터 내 옆에서 나를 호위하라."

호위궁녀가 되다

고례는 거처를 중궁전으로 옮겼다. 중전마마가 처소를 벗어날 때면 가장 가까이서 그림자처럼 뒤를 따랐다. 중전마마의 호위궁녀가 된 것이다.

"요즘 시국이 어수선하니 전하께서 통 수라를 못 드시고 물리신다는구나. 단것을 좋아하시니 다과를 좀 준비하여라."

여느 날처럼 고례는 대전으로 향하는 중전마마의 뒤를 따랐다. 중전마마가 안으로 든 후 고례는 밖에서 기다리고 있었다. 그때 대전에서 푸른 관복을 입은 젊은 신하가 물러나오고 있었다. 순간 고례는 그 몸짓이며 기골이 낯익어 다시 바라보았다. 도련님이었다! 푸른 관복 차림을 보는 건 처음이었지만 분명히 도련님이었다. 여기서 도련님을 만나게 될

줄은 생각도 못했다. 아니 혹시 만날까 고대했으나 만나지 않았다. 마음 같아선 알은체를 하고 싶었으나 다른 눈들이 있어 고개를 숙이고 있었다. 도련님이 먼저 알은체해 주기를 바랄 뿐이었다.

도련님 옆에 내관 한 사람이 함께 걸어 나왔다. 낯익은 얼굴이었다. 관월당 신전에서 보았던 홍 내관이었다. 추측대로 홍 내관은 도련님의 벗인 듯했다. 도련님은 홍 내관과 얘기를 나누느라 멈춰 서 있었다. 불과 스무 걸음 남짓 떨어진 거리였다. 그냥 지나쳐 버리면 어떡하나 조바심이 났다. 그렇다고 고개를 빳빳이 들고 쳐다볼 수는 없었다. 그때였다.

"중궁전 호위궁녀이더냐?"

마음을 졸이며 서 있는데 낯익은 목소리가 들려왔다. 바로 눈앞에 도련님의 발부리가 보였다.

"그러하옵니다."

"중전마마께서 아주 듬직하시겠구나."

그 말만 남기고 도련님의 발부리는 총총총 멀어졌다. 그제야 고례는 고개를 들고 도련님의 뒷모습이 보이지 않을 때까지 바라보았다.

"이것아, 어딜 감히 쳐다보는 거야?"

중궁전 본방나인이 고례의 옆구리를 쿡 찔렀다. 고례도

알고 있다. 전하를 가까이서 뵈는 분이라면 미천한 자신이 함부로 바라볼 수 있는 분이 아니라는 것을. 그러자 고례는 문득 궁금증이 일었다. 도련님은 왜 그런 말을 했을까.

"더 이상 이대로는 안 돼. 나는 새 세상을 만드는 데 앞장설 것이네. 우리 힘을 합쳐 보세나."

저렇듯 높은 신분이면서. 왜 새 세상을 만들겠다고 했을까. 지세의 때문일까. 도련님은 지세의에 있는 많은 나라들에게 먹히지 않으려면 변해야 된다고 했었다.

"하긴 네가 별나긴 좀 별나지. 저분이 너 같은 것한테 말을 건네는 걸 보면 말이야. 그렇다고 경거망동해선 안 돼. 우리 중전마마께 누가 될 수 있으니까."

본방나인은 또 고례를 못 잡아먹어 안달이었다. 처음부터 본방나인은 고례에게 내려진 중전마마의 특혜를 못마땅해 했다.

본방나인은 중전마마가 입궁할 때 사가에서 데려 온 몸종이다. 그래서 어찌 보면 중전마마와 가장 가까운 사이이기도 하다. 본방나인은 중궁전 궁녀들을 제 손아귀에 넣고 쥐락펴락했다. 중궁전 나인들이나 무수리들은 본방나인에게 잘 보이려고 애를 썼다. 그런데 고례만은 예외였다. 그저 묵묵히 제 할 일만 할 뿐이었다. 그런 고례를 향한 중전마마의 신뢰는 날이 갈수록 깊어졌다. 궐내로 행차할 땐 물론이고 밤에도 고례에게 지밀 가까이에서 호위하라 일렀다. 본방나인은 못생긴 호위궁녀가 자신보다 중전마마와 더 가까워질까 은근히 걱정이 되었다. 그래서 한 번은 중전마마께 이렇게 고하기까지 했다.

"중전마마, 천한 것을 너무 가까이 두지 마십시오. 세간의 입방아에 오르내릴까 걱정이옵니다. 액막이였던 불길한 애를…… 아마도 마마께옵선 임오년에 그 황망한 일(임오군란으로 다시 권력을 잡은 흥선대원군은 살아 있는 중전을 죽은 걸로 하여 국상을 치렀으나 두 달 후 중전은 다시 입궁하였다)을 당하시어 악몽에 시달리시다 보니 저런 아이를 호위궁녀로 두신 건 아닌지 쇤네 걱정이 되어……"

"괜한 걱정이구나. 그 아이 입 무겁고 우직한데 무에 걱정이냐? 거기다 괴력에 가까운 힘을 가졌으니 얼마나 든든한지 모르겠다."

고례는 중전마마를 그림자처럼 따라다녔다. 그래서 중전마마가 주로 만나는 사람들이 누구인지, 무슨 얘기들을 나누고 무엇을 고민하는지를 자연스레 알게 되었다.

도련님은 그런 것들을 홍 내관을 통해 물었다. 그런 것들이 도련님의 일에 어떻게 도움이 되는지는 알 수 없으나 고레는 시시때때로 정확히 알려 줬다.

　그 무렵 궁궐에는 왜군과 청군이 궐내를 활보하고 다녔다. 마치 힘겨루기를 하듯 번갈아 중전마마를 만나러 오기도 했다. 중전마마는 청나라 쪽 인사를 더 자주 만났다. 중전마마의 오라버니인 민 대감이 늘 함께했다. 그 사람은 덕이를 죽인 청나라 상인을 감싸던 바로 그 민 대감의 형이었다.

　어제는 먼 나라에서 왔다는 노랑머리 여자가 중전마마를 찾아왔다.

　"살결은 흰 토끼 같고 얼굴은 조막만 한데, 머리카락이 노랗고 눈이 파랗더라니까. 에그 참 망측하게 생겼지 뭐야."

　여기저기서 중궁전 궁녀들이 쑥덕거렸다.

　"별나게 생긴 건 저 액막이도 마찬가지지. 호호호!"

　본방나인이 고례를 바라보며 흉을 봤다.

　고례는 노랑머리를 흘끔흘끔 훔쳐봤다. 그리고 놀랐다. 정말 괴상하게 생겼다. 세상 어딘가에는 저렇게 별나게 생긴 사람들이 살고 있는 모양이었다. 그런데 그 노랑머리 여자는 아무런 거리낌이 없었다. 사람들과 눈이 마주치면 웃어 주고, 중전마마와도 똑바로 마주 보며 얘기를 나눴다. 마치 동무와 얘기를 나누는 것처럼. 그런 노랑머리 여자에게 무엄하다고 꾸짖는 사람은 아무도 없었다. 남과 다르게 생졌다고 기죽거나 부끄러워하지 않았다. 고례가 노랑머리를 보고 놀란 것은 바로 그 점이었다.

'다르게 생긴 건 부끄러운 게 아니야.'

어느 날, 고례는 중전마마의 심부름으로 궐 밖의 민 대감 댁에 가는 길이었다. 궁궐을 나가기 위해 중문을 막 나서는데 누가 앞을 가로막았다. 홍 내관이었다.

"잠시 따라오너라."

홍 내관은 낮고 빠르게 속삭이더니 급히 통명전 쪽으로 걸음을 옮겼다. 고례는 잠시 망설였으나 이내 홍 내관을 따라갔다. 홍 내관은 관월당에서 처음 본 이후 종종 도련님의 전갈을 알려 왔다. 오늘도 도련님의 전갈이 있는 모양이었다.

"어디 가는 길이더냐?"

홍 내관은 주위를 두리번거리며 물었다.

"……."

고례는 말하지 않았다. 은밀하게 다녀오라는 중전마마의 당부가 지엄했기 때문이다. 그걸 홍 내관이 모르지 않을 것이었다.

"민 대감 댁에 가는 길이겠지?"

대답 대신 고례는 고개를 끄덕였다. 자신을 믿고 있는 중

전마마에게는 죄송한 일이었지만 민 대감을 생각하면 그 반
대였다.

"김 교리께서 피마골에서 기다리실 게다."

"피마골 국밥집이요?"

참 오랜만에 들어 보는 반가운 이름이었다. 보고 싶은 얼
굴들이 고구마줄기처럼 주렁주렁 딸려 나왔다. 덕이, 아주
머니, 노할아버지, 주인아주머니, 모두 그리운 피마골 사람
들이었다.

"조심해라. 국밥 먹으러 가는 것처럼 행동해야 한다."

홍 내관은 낮게 속삭이고는 재빨리 멀어져 갔다. 얼마나
기다렸던가. 간간이 홍 내관으로부터 소식은 들었지만 도련
님을 본 지도 꽤 오래되었다. 이제 도련님이 일을 본격적으
로 시작하려는 모양이었다. 피마골에서 보자는 건 노할아버
지와 도련님의 벗들도 함께 움직인다는 뜻이었다.

꿈꾸는 사람들

　오랜만에 와 보는 피마골은 전보다 더 좁게 느껴졌다. 넓은 궁궐에서 지내다 보니 그런 거라 생각하며 고례는 피식 웃음을 흘렸다. 골목 양쪽에 있는 가게들에서 음식 냄새가 질펀하게 풍겨 나왔다. 덤으로 얹어 주는 욕설까지 예전 그대로였다.

　팔뚝국밥집 문을 열고 들어서자 옛 기억이 떠올라 울컥했다. 아주머니는 몰라보게 야위고 초췌했다. 고례를 보더니 눈시울을 붉혔다. 고례도 눈시울이 붉어졌다. 궁궐에 들어가고 처음 만남이었다.

　"아주머니 잘 계셨어요? 국밥 한 그릇 먹으러 왔어요."

　고례는 일부러 큰 소리로 말했다. 다른 손님들에게 별스럽게 보이지 않기 위해서였다. 정지 쪽을 바라보니 주인아주머니가 팔뚝이 아닌 고개를 내밀어 보고 있었다. 주인아주머니는 고개를 까닥이더니 뒤꼍을 향해 눈짓을 했다. 도련님이 와 있다는 신호였다. 고례는 국밥 한 그릇을 뚝딱 비우고 측간을 찾는 척하며 뒤꼍으로 나갔다.

뒤꼍 사랑채에는 신발이 여러 켤레 놓여 있었다. 방 안에서 무거운 목소리들이 흘러나왔다. 소리는 낮았지만 억양은 강했다. 분위기가 좋아 보이지는 않았다.

"지금 사방에선 조선을 삼키려고 혈안이 되어 있는데, 명분만 내세우고 실리는 없는 청나라와 손을 잡으려는 민씨 일가의 저의가 다 보입니다."

"며칠 전 주상 전하를 뵈었는데 심기가 많이 불편해 보이셨네. 민씨 일가가 청나라에만 기대려고 하니 편치 않으신 게야. 이대로 있다간 돌이킬 수 없는 일을 당하고 말걸세."

"기회를 봐서 일본에 한 번 더 다녀올 생각이네. 이번에는 꼭 저들에게 확답을 받아 내겠네."

도련님의 목소리였다.

"거기 누구냐?"

방문이 벌컥 열렸다. 방 안에는 도련님의 벗들이 모여 있었다. 처음 보는 얼굴도 끼어 있었다.

"쇤네이옵니다. 여기 계신다기에."

"오, 어서 오게, 오랜만일세."

엉거주춤 방 안으로 들어선 고례는 당황스러웠다. 좁은 방 안에 모두 남자들뿐이었다. 어디에 자리를 잡고 앉아야 할지 난감했다. 망설이다 노할아버지 옆에 앉았다.

"여기 있는 사람들은 한배를 탄 내 벗들이네. 자네와 벗이기도 하고. 우리 모두가 새로운 세상을 열기 위해 모인 동반자이지."

도련님은 고례에게 새로운 얼굴들을 소개했다.

"자주적인 힘을 가진 나라가 되려면 힘을 길러야 해. 그러나 아직은 좀 더 배울 필요가 있어. 우리보다 먼저 근대화한 나라로부터 말이야."

도련님은 좌중을 둘러보며 진지하게 이야기를 이어 갔다.

"고대수, 자네는 누구보다도 많은 고통을 당했지. 언젠가 내가 했던 말 기억하나? 자네의 그 힘과 용기가 필요할 때가 있을 거라고. 지금이 바로 그때일세."

짐작은 하고 있었지만 자신이 할 일이 무엇인지 고례는 궁금했다. 이제까지처럼 궁궐의 소식을 전하는 일이라면 특별히 부르지 않았을 것이었다.

"제가 해야 할 일이……."

"홍 내관을 통해 따로 기별하겠지만, 지금 우리와 뜻을 같이하는 벗들이 많아졌네. 최종적인 결정은 한 번 더 일본을 다녀온 후에 하겠네."

홍 내관은 종종 소식을 전해 왔다. 고례는 중전마마가 누구를 만나 무슨 말들이 오갔는지 아는 대로 전달했다. 가끔 마음이 괴롭기도 했다. 자신을 믿고 호위를 맡긴 중전마마에게 죄송한 생각이 들었다. 그러나 억울하게 죽어간 덕이를 생각하면 도련님 말을 따르는 게 맞을 것 같았다.

고례는 궐 밖으로 심부름을 나갈 때마다 피마골에 들렀다. 도련님과 노할아버지가 기다리고 있었다. 홍 내관을 통해 전해 들었겠지만 고례에게 직접 낱낱이 듣고자 기다리는 것이었다. 고례는 그런 궐내 소식들이 어떤 도움이 되는지 알 수 없었다.

고례는 도련님에게 많은 것들을 묻고 들었다. 예전에는 상상조차 할 수 없었던 세상 이야기들이 하나하나 고례의 영혼 속으로 스며들어 왔다. 그것들은 맛나게 먹은 밥이 피가 되고 살이 되는 것처럼 정신의 키를 키워 주었다. 고례는 자신의 운명만 슬퍼했던 무너미골의 새끼고래가 아닌, 넓은 바다를 향해 나아가는 진정한 고래가 되어 가고 있었다.

어느 날, 홍 내관이 고례를 은밀히 찾아왔다. 궐 밖으로 심부름 가는 날도 아닌데 피마골로 오라는 도련님의 전갈이었다. 중전마마의 두터운 신임을 받고 있는 터라 궐 밖으로 나가는 일이 그리 어렵진 않았지만 무슨 일일까? 예전에 없던 일이라 궁금했다. 고례는 눈치를 봐 얼른 피마골로 갔다.

　방 안에 모여 있는 사람은 여덟 명이었다. 그새 새로운 얼굴들이 늘었다. 차림새로 보아 양반은 아니었다. 그렇다고 중인으로 보이지도 않았다. 봉두난발을 한 사내도 있었다. 방 안 분위기는 무척 자유로워 보였다. 앉아 있는 품새부터가 그랬다. 대개 양반 앞에서는 무릎을 꿇어야 맞겠지만 그들은 서로 당당히 무릎을 맞대고 앉아 있었다. 역시 모두 남자들뿐이었다. 고례는 그들에게 목례를 했다.

　"인사들 나누게나. 처음 만나는 동지들도 있을 것이네."

　역시 처음 보는 남자들은 고례를 보고 놀라워하는 표정들이었다.

　"민씨 일가가 일본에 수신사를 보내는 것을 반대하고 있소. 국고만 낭비하는 일이라고 눈에 쌍심지를 켜고 반대하고 있어요. 그렇지만 내가 다시 전하께 간청을 드려 꼭 다녀오도록 해 보겠소."

　"그래야지요. 왜도 점점 야심을 드러내고 있소. 빨리 그들과 발맞춰 나가지 않으면 우리를 짓밟으려 들 거요."

얼굴이 둥글넓적하고 서글서글한 눈매를 가진 도련님의 벗이 말했다.

"참, 그쪽 형편은 어떤가요?"

이어 봉두난발을 한 군졸 차림의 남자에게도 물었다. 언젠가 피마골에서 부황 든 아내와 아이를 붙들고 섦게 울던 그 군졸과 행색이 비슷했다.

"이래 죽으나 저래 죽으나 매한가진데, 새 세상이 오는 걸 마다할 사람은 없겠지유. 다만 정말 굶주리지 않아도 되는 공평한 세상이 오기는 올는지 그걸 못 믿는 거지유."

"맞는 말이오. 그래서 우린 지조법을 개혁하여 관리들의 부정을 막고 국가 재정을 넉넉하게 하여 관군들에게 공평한 급료를 지급할 것이오."

도련님은 자신에 찬 목소리로 말했다.

"상인층은 어떻소?"

패랭이를 쓴 사내가 대답했다.

"이대로라면 하루 벌어 끼니 때우기도 힘듭니다. 혜상공국을 등에 업은 보부상들의 행패가 극에 달했습니다."

"조정이 보부상의 권익을 보호하고자 혜상공국을 설치했지만, 그 또한 특권이 되어 자유경쟁의지가 사라지고 민폐가 자심하다고 들었소. 우린 그런 혜상공국을 혁파해 버릴 생각이오."

도련님이 시원스럽게 대답했다.

"여보게 득구, 올해 농사는 좀 어떤가?"

노할아버지가 구석에서 연신 겨드랑이를 긁어 대는 초로
의 사내에게 물었다. 사내는 노할아버지를 힐끗 한 번 바라
보고는 심드렁하게 말했다.

"영감님도 참 허나 마나 한 말씀을 하십니다요. 농사가 잘
되든 못되든 그것이 우리랑 뭔 상관이랍니까? 어차피 추수
해서 환곡으로 다 바치고 나면 올해도 배곯기는 뻔한 것을
요."

"하긴 온 식구가 매달려 농사를 지어 봐야 목구멍에 거미
줄 치기는 마찬가지지. 쯔쯧, 그래 가지고 언제 죽기 전에 밥
한 번 배불리 먹어 보겠는가?"

"그러니 자작농이면 뭐합니까. 다 빛 좋은 개살구지요."

초로의 사내는 옆구리에 끼고 있던 보퉁이를 신경질적으
로 내려놓았다.

고례는 처음에는 끊이지 않는 난상토론이 지루하기만 했
다. 그러나 시간이 흐를수록 얘기가 흥미로웠다. 세상에는
참 가지각색의 삶이 얼크러져 있었다. 단순히 양반과 상민,
천민의 세상만이 아니었다. 가진 자는 가진 자들끼리 다투

고, 못 가진 자는 또 그 속에서 자기들끼리 다투고, 옳다고
생각했던 일이 달리 보면 옳지 못한 일이 되기도 했다.

"어떤가? 지금 우리가 하는 이야기들은 새 세상의 초석이
될 것들인데?"

"예?"

도련님의 갑작스런 물음에 고례는 깜짝 놀랐다. 보잘것없
는 자신이 마치 중요한 사람이라도 되는 양 사람들 앞에서
의견을 물었기 때문이다.

"하하하, 무얼 그리 놀라는가? 행동대원으로 뛰고 있는 이
벗들이 믿음직스럽지 않은가?"

고례는 이렇듯 호탕하게 웃는 도련님의 모습을 처음 보았
다. 그 모습이 정말 믿음직스러웠다.

큰 사람, 큰 이름, 고대수

별다른 말은 없었다. 아직은 궁에서 일어나는 일을 잘 듣고 봐 두었다가 알리라는 게 다였다.

고례는 열심히 귀와 눈을 열어 두었다. 그러다 보니 사람들의 속마음이 들여다보였다. 궁궐 사람들이 입에서 입으로 쉬쉬 옮기는 이야기들을 듣다 보면 항상 두 축으로 갈려 있었다. 각자의 이익이 맞닿아 있는 쪽으로.

꼿꼿한 성품 때문인지 조정에서는 도련님을 미워하는 사람이 많은 것 같았다. 그래서 도련님에 대한 말이 들릴 때마다 고례는 가슴이 철렁했다. 대개는 중전마마를 만나는 사람들 입에서 그런 말이 많이 나왔다.

하루는 중전마마가 본방나인에게 물었다.

"김 나인, 내 어제 듣기로 목 참판과 김옥윤이 전하 앞에서 한판 대거리를 했다는데 참말이더냐?"

"황공하옵게도…… 그런 일이."

"그 무슨 불충인고……? 전하가 김옥윤을 너무 싸고도니 젊은 것이 보이는 게 없나 보구나. 가만둬선 안 되겠어."

중전마마가 지그시 입술을 물었다.

고례도 어제 들었다.

목 참판은 청나라 대변인으로 조선에 들어와 있는 외국인인데, 내정 간섭까지 하며 권력을 휘두르는 위인이었다. 나라의 대신들은 목 참판에게 밉보이기 싫어 조선에 무리한 정책을 요구하는데도 입을 다물거나 슬슬 눈치만 봤다. 이를 보다 못한 도련님이 불처럼 화를 낸 것이다. 고례의 판단으론 그랬다. 그런데 그 자리가 하필 어전이었다. 도련님을 눈엣가시처럼 생각하는 측들은 전하 앞에서 불충한 행동을 보였다고 트집을 잡았다. 본뜻은 젖혀 놓고 흠잡을 거리만 찾아 눈이 벌게진 사람들이었다.

"한데 대체 무엇 때문에 그랬다더냐?"

"그게…… 그게, 황공하옵니다, 마마. 잘 생각이…….."

"그걸 그새 잊었단 말이냐? 혹시 넌 기억하겠느냐?"

중전마마가 갑자기 고례에게 물었다. 고례는 깜짝 놀랐다. 놀란 것은 고례뿐만이 아니었다. 본방나인은 천부당만

부당하다는 듯한 얼굴로 중전마마를 말렸다.

"마마, 어찌 저 천한 것이 들은 것이 있겠습니까? 들었다 한들 무슨 뜻인지나 알겠사옵니까?"

"당오전 때문이라 들었사옵니다. 당오전이라는 돈을 많이 찍어 내면 나라 재정에 좋지 않다고 김 교리께서 반대하셨다고."

"옳지, 그래그래! 당오전 때문이랬지. 호오, 보기보다 아주 영특하구나."

"황공하옵니다."

중전마마의 칭찬에도 불구하고 고례는 더욱 몸을 낮춰야 했다. 중전마마의 신뢰가 두터워질수록 고례를 바라보는 본방나인의 가시 돋은 눈빛은 더욱 매서워져 갔다.

백악산 위로 보름달이 휘영청 떠올랐다. 달빛에 비친 궁궐 지붕의 그림자가 왠지 모를 아련한 그리움을 자아냈다. 달은 날짜에 맞추어 어김없이 모습을 바꾸었다. 제 갈 길을 알고 있는 달은 변화에 두려움이 없다. 어두운 밤하늘에 제 모습을 덩그러니 드러내 놓고도 저렇게 태연하다. 고례는 궁궐에 들어와 처음으로 보름달을 찬찬히 바라보았다.

중전마마는 늦도록 중궁전 뜰을 거닐었다. 고례도 가까이

서 호위하며 달구경을 했다. 부드러운 실바람 한 줄기가 목덜미를 스치고 지나자 갑자기 코끝이 시큰해졌다. 괜히 눈물이 핑 돌았다. 이런 밤에는 사람이 그리워진다.

"벌써 보름이구나. 요즘 같아서는 하루가 어찌 가는지 정신이 하나도 없구나. 전하는 침소에 드셨는지."

달빛에 젖은 중전마마의 옆모습이 왠지 쓸쓸해 보였다. 지엄한 한 나라의 국모 또한 사람일 것이다. 낮 동안 나라 걱정으로 시름에 잠기고 밤에는 전하 걱정에 잠 못 들고. 고례는 중전마마가 가여운 생각이 들었다. 그러나 중전마마와 도련님의 노선이 서로 다르다 보니 마음 한구석이 찜찜하기도 했다.

도련님은 몇 달 전 일본으로 떠났다. 전하의 명으로 중요한 일을 매듭지으러 간다고 했다. 일은 잘 풀렸을까. 떠나기 전 도련님은 잠깐 고례를 찾아왔었다.

"홍 내관과 연통하면 될 걸세. 매사에 조심 또 조심해야 하네. 자네가 하는 일은 고심에 빠진 전하와 중전마마, 그리고 나라를 위한 것이기도 하네. 우리가 자주적으로 이 나라 조선을 세울 수 있어야만 그분들도 다른 나라 사신들에게 수모를 당하지 않을 것이네."

도련님은 단단히 당부를 했다. 언젠가 중전마마의 거동을 살피는 게 죄를 짓는 것 같다는 고례의 말이 걱정된 모양이었다.

달이 어느새 정수리까지 올랐다. 늦은 시각이었다.

"지밀나인 말로는 아직 근정전에 계시다 하옵니다."

"그래, 전하께서도 쉬이 잠이 오지 않으실 게다. 이웃 나라나 먼 나라나 모두 제 나라 이익을 위해 하나라도 더 뺏어 가려고 눈이 벌게 있는데, 어찌 맘이 편하시겠느냐. 이런 시국에 젊은 신하들은 혈기만 믿고 전하의 총기를 흩트려 놓고 있으니⋯⋯."

중전마마는 개화파라 불리는 도련님과 그 벗들을 탐탁잖아 했다. 그들은 오랫동안 의지해 온 청나라에서 벗어나 자주국이 되어야 한다고 주장하고 있기 때문이다. 그리고 근대화된 일본을 배워 힘을 길러야 한다고도 했다. 반대파가 보기엔 현실성이 없는 무리한 주장들이었다.

"청나라와 잘 지내는 게 왕실이 존속할 수 있는 언덕이거늘 근간 없는 개화파들에게 전하는 무슨 기대를 하시는지. 수일 내로 그들이 돌아온다지?"

"그렇다고 하옵니다."

본방나인의 대답에 고례는 귀가 번쩍 뜨였다.

도련님이 일본에서 돌아왔다는 말은 들었지만, 일본에 간 일이 잘 안 된 모양이었다. 그 때문에 반대파의 탄핵을 받아 관직에서도 내쫓기다시피 했다는 소문이 나돌았다. 고례는 도련님의 처지가 몹시 걱정되었다. 피마골에 가 보고 싶었지만 때가 때인지라 조심스러웠다. 그 어느 때보다도 행동을 조심하라는 도련님의 당부가 있었다고 홍 내관이 전했다.

그러던 어느 날, 중전마마의 심부름으로 민 대감 댁에 갈 기회가 찾아왔다. 요즘 부쩍 개화파의 움직임이 심상치 않다는 말을 듣고 은밀히 민 대감을 부르는 모양이었다. 고례는 중전마마의 서찰을 전하고 피마골에 가 볼 생각이었다.

저만치 팔뚝국밥집이 보였다. 근 반년 만이었다. 언제나처럼 늘 국밥 냄새가 먼저 달려 나와 고례를 반겨 주었다. 고례는 조심스럽게 주위를 살펴본 뒤 국밥집 문을 열었다.

"어서 옵…… 엉? 너, 너는 곰탱이?"

"말복이?"

생각지도 못했던 마주침이라 고례는 깜짝 놀랐다. 입궁하고 난 뒤 처음 보는 거니까 거의 이 년 반 만이었다. 그사이 말복이는 몰라보게 변했다. 키도 몸집도 커지고 목소리도 굵직한 게 제법 남자 티가 났다.

"네가 어떻게 여기에 있어?"

고례가 말복이를 위아래로 훑어보며 물었다. 차림새로 보아하니 국밥집에서 일하는 것 같았다.

"응, 그렇게 됐다. 여기 온 지 두 달이 조금 넘었어. 유 의원 심부름으로 왔다가 눌러앉게 됐어."

"그랬구나. 반갑다. 근데 아주머니가 안 보이네?"

고례는 가게 안을 둘러보았다. 아주머니가 보이지 않았다. 궁궐에서 문득문득 덕이가 생각날 때마다 아주머니가 걱정되곤 했었다. 무너미골 아비 어미보다도 더 걱정되었다. 그런데 갑자기 말복이 얼굴이 굳어졌다. 고례는 덜컥, 무슨 일이 있었다는 걸 직감했다.

"곰탱아, 놀라지 마라. 아주머니 돌아가셨다. 내가 여기 오기 며칠 전에."

"뭐?"

어쩌면 예견된 일인지도 몰랐다. 그동안 살아 있었다는 게 기적일 정도였다. 고례는 가슴이 찢어질 듯 아팠다.

"그동안 수없이 관아에 찾아가 청나라 상인을 벌해 달라고 탄원을 했었대. 관리들은 하나같이 쉬쉬하며 아주머니를 미친 사람 취급했다더라. 크윽, 이래도 되는 거야? 도대체 이 나라 백성이 누구야? 나라님은 뭐하고 있는 거냐?"

"……."

말복이는 두 주먹을 불끈 쥐었다. 고례는 슬픈 가운데서도 말복이의 모습을 보고 놀랐다. 언제부터 말복이가 약자들의 아픔을 헤아리는 아이가 되었나?

"결국 아주머니는 실성하고 말았대. 매일 덕이 이름을 부르며 여기저기를 헤매 다니더니 저 아래 개천에서 죽은 채 발견되었대. 주인아주머니도 충격을 받으셨는지 가끔 정지에 멍하니 앉아 계시곤 해. 그래서 노할아버지가 나를 불렀어. 당분간 가게 일 좀 도와 달라고."

"그랬구나. 나도 한동안 못 와 봤어."

고례는 덕이와 아주머니의 얼굴이 함께 떠오르자 눈물이 주체할 수 없이 흘러내렸다.

'덕이야…… 네 원수를 꼭 갚아 줄 날이 올 거야. 꼭!'

고례는 벌떡 일어나 뒤꼍 사랑채로 갔다.

"나리, 고례이옵니다."

방문이 열리고 도련님 얼굴이 제일 먼저 눈에 들어왔다.

"왔나? 그간 잘 지냈는가?"

"올 때 누구 따라붙는 이는 없었는가?"

여기저기서 인사말들이 건너왔다. 도련님 얼굴이 많이 수척해 보였다. 예상보다 상황이 더 좋지 않은 모양이었다.

"조심해서 왔사옵니다."

"민씨 일가는 모여 무슨 얘기들을 나누더냐? 중전마마의 전갈은 무엇이고?"

노할아버지가 물었다. 노할아버지의 얼굴에도 부쩍 주름살이 늘었다.

한때 뼈대 있는 양반 가문의 핏줄이었다는 노할아버지는 서자 출신이었다. 그 사실을 알게 된 건 얼마 되지 않았다. 홍 내관을 통해서였다. 학문을 갈고닦았으나 서자라는 이유 때문에 벼슬길에 나갈 수 없었던 그는, 우연한 기회에 사신으로 가는 지인을 따라 청나라에 갔다. 처음 지세의를 가지고 온 것도 그였다. 청나라에서 그는 새로운 학문과 문화에 깊이 매료되었다. 조선의 학문은 변해 가는 세상을 감당하기에는 맞지 않겠다는 생각이 들었다. 그러다 같은 생각을 지닌 벗들과 만나게 된 것이었다.

고례는 노할아버지께 목례를 하고 고했다.

"개화파의 움직임이 심상치 않으니 우정국 축하연에 가지 말라는 중전마마의 전갈이 있는 줄로 압니다."

"그래? 그들의 반응은?"

"중전마마의 지나친 노파심이라고 말하는 사람도 있고, 맞다고 하는 사람도 있었습니다."

고례의 말을 들은 사람들이 서로 마주 보며 고개를 끄덕였다. 고례가 오기 전 이 문제와 관련된 긴한 얘기들이 오간 게 분명했다.

"곧 거사가 있을 것이네."

그때까지 묵묵히 듣고만 있던 도련님이 입을 열었다.

"예?"

고례는 금시초문이었으나 다른 사람들은 이미 알고 있었는지 고개를 끄덕였다.

모월 모일 다시 모여 상세한 지침을 전달받기로 하고 사람들은 흩어졌다. 마침내 고례는 도련님과 단둘이 마주 앉았다.

"내 사정이 있어 돌아와서도 연락하지 못했네. 지금 나라의 판국이 이대로 더 보고만 있을 수 없어 벗들과 고민 끝에 결정을 내렸다네. 거사일은 우정국 축하연이 열리는 날로 잡았네. 여러 사정상 그날이 적격일 것 같아 그리 정했다네. 거사는 반드시 성공할 것이야. 그때 자네가 꼭 해 줘야 할 일이 있네."

"……."

고례는 숨을 죽이고 도련님의 말을 듣고 있었다. '거사'라고 말할 때 도련님의 목젖이 유난히 꿈틀거렸다. 그때도 그랐다. 문득 고레는 무너미골에서 처음 도련님을 만났던 때가 떠올랐다. 물속에서 구해 낸 도련님은 정신을 잃은 상태였다. 배를 눌러 물을 토하게 하고 다리를 주무르는 동안 마음 졸이며 바라보았던 저 얼굴. 오늘 보니 견뎌 온 시간만큼 도련님의 얼굴도 몰라보게 단단해져 있었다. 그날 의식을 되찾은 도련님이 처음 했던 말은 '보따리'였다. 온몸의 기운을 다 짜내어 힘들게 내뱉은 말이었다. 오늘도 그날처럼 목젖이 유난히 꿈틀거렸다.

도련님은 거사에 관해 자세히 설명했다. 우정국 축하연이 열리면 뜻을 함께한 동지들이 각자 맡은 임무를 수행할 것이라 했다. 고레가 할 일은 우정국에 불길이 오르는 것을 신호로 궁궐에서 폭약을 터뜨리는 것이었다. 그걸 신호탄 삼아 거사가 진행될 것이라 했다. 그러니만큼 임무가 막중하다고 도련님은 몇 번이고 강조했다.

"거사가 성공하면 새로운 세상이 열릴 것이네. 귀천이 없는 세상에서 자네도 맘껏 한번 살아 보게나."

도련님 말에 고레는 가슴 저 밑바닥에서 뜨거운 불길이 피어오르는 것 같았다.

"자네, 고대수가 누군지 아는가?"

뜬금없이 도련님이 물었다.

고대수? 사실 고례는 고대수가 누군지 몰랐다. 그러나 '고대수'라 불릴 때 왠지 기분이 좋았다.

"고대수는 옛이야기 속 영웅이지. 중국 북송 시대의 사람이라네. 간신들의 횡포로 백성의 생활이 피폐해졌을 때, 더 이상 살아갈 희망을 잃은 사람들은 깊은 산속으로 숨어들었지. 산세가 험하고 물이 깊어 아무나 함부로 갈 수 없는 '양산박'이라는 곳이었다네. 그곳은 따로 새 세상을 만들기에 적합한 곳이었지. 부패한 관에 반항하는 무리들이 하나둘 모여들어 산채를 만들었지. 양산박에는 108명의 두령이 있었는데, 그중 유일하게 여자 두령이 있었어. 칠척 장신에 남자 대여섯쯤 거뜬히 해치우는 여장부였다네. 그 두령의 이름이 바로 고대수지."

'아, 그런 이름이었구나!'

고례는 자기도 모르게 어깨에 힘이 들어갔다.

어떤 심부름

거사를 하루 앞두고 고례는 낮에 짬을 내어 피마골에 다녀왔다. 떨리는 마음을 다잡기 위해서였다. 다들 비장함으로 눈빛들이 형형했다.

"한 치의 실수도 있어서는 안 되네. 자네가 터트릴 화약의 폭음 소리가 거사의 서막을 알릴 것이니 명심하게. 그 폭음 소리가 크면 클수록 전하와 중전마마께서 더욱 우리의 거사를 믿고 따르실 게야."

고례는 눈에 힘을 주고 머리를 깊이 끄덕였다.

노할아버지 방을 나와 고례는 가게 안으로 들어갔다. 왠지 말복이를 보고 가야 할 것 같았다. 조금 전 가게에 들어설 때 보았던 말복이의 눈빛이 동아줄처럼 고례를 잡아끈 것이다.

"다시 올 줄 알았어. 아니 그냥 갔으면 내가 궁궐로 찾아가려고 했지."

"뭐?"

"하하, 그렇게 놀랄 거 없어. 이거 먹고 가라고. 진작부터 국밥 한 그릇 사 주고 싶었어. 주인아주머니는 그냥 주라고 했지만 꼭 내 돈으로 사 주고 싶다고 했어. 그러니까 국물 한 방울 남기지 말고 다 먹어라. 특별히 고기도 많이 넣었어."

말복이가 고례를 붙들어 의자에 앉혔다. 따뜻한 국밥이 소복이 담겨 있었다. 고례는 갑자기 눈물이 핑 돌았다. 얼마만에 느껴 본 따뜻함인가. 거사의 두려움 때문에 마른미역처럼 쪼그라들었던 마음이 확 풀어지는 것 같았다. 아버지의 눈을 피해 자기 밥을 퍼 주던 엄마, 밥 한 숟갈을 얼른 고례 밥 위에 얹어 주던 덕이, 그리고 말복이……. 따뜻한 국밥 같은 사람들이다.

"야 곰탱이, 국밥 한 그릇 가지고 너무 감동하는 거 아냐? 이 말복이를 어떻게 보고? 이건 시작이고 앞으로 더 많이 사 줄 테니까 그만 감동하고 먹어, 다 식겠다."

고례는 목이 메어 국밥을 먹을 수가 없었다. 말복이의 웃는 얼굴이 물속에서인 듯 어룽거렸다.

'말복아, 만약 거사가 성공하지 못하면 어떻게 될까?'

가슴 저 밑바닥에 꾹꾹 눌러 두었던 불길한 생각 하나가 불쑥 튀어 올랐다. 생각만으로도 온몸이 부르르 떨렸다. 모두 죽을 것이다!

고례는 고개를 힘껏 저었다. 거사는 꼭 성공할 것이다. 성공해야만 한다. 고례는 수저를 놓고 자리에서 벌떡 일어났다.

"말복아, 이 국밥 담에 와서 먹을게. 그때 다시 사 줘, 꼭!"

고례를 바라보는 말복이의 눈빛이 흔들렸다. 서둘러 시선을 다른 곳으로 피했다.

"쳇, 담엔 없어! 내가 뭐 만날 너만 기다리고 있을 줄 아냐?"

말복이는 심통 부리는 아이처럼 앵돌아서 말했지만, 가슴이 뻐근하게 아파 왔다. 눈치 없이 주르륵 흘러내리는 눈물 때문에 고례를 쳐다볼 수 없었다. 고례는 뒤에서 말복이의 떨리는 어깨를 보고 말았다.

"나 갈게. 국밥 먹으러 다시 올게."

고례는 후다닥 가게를 나왔다. 녀석 때문에 발걸음이 무거웠다. 자꾸 뒤에서 동아줄로 묶어 잡아당기는 것 같았다. 골목 끄트머리에서 뒤돌아봤다. 아, 말복이가 서서 고례를 바라보고 있었다.

고례는 얼른 들어가라고 손사래를 쳤다. 그러자 말복이가 공처럼 튕겨 달려왔다. 고례는 당황했다. 저를 부른 줄 아나?

"야, 곰탱아, 꼭 다시 와야 해. 이미 국밥 값 계산해 버렸단 말이야. 그리고…… 나 너 좋아해. 너랑 무너미골에서 살고 싶어."

말복이가 코앞까지 달려와 더듬거리며 말하고는 쏜살같이 달려 가게로 들어가 버렸다. 고례는 한동안 멍하니 서서 말복이가 달려간 길을 바라보았다.

도련님에게 전해 받은 폭약은 통명전과 근처 기둥에 잘 숨겨 두었다. 평소 사람들이 잘 다니지 않는 곳이어서 숨기는 데 별 어려움은 없었다.

고례는 뜬눈으로 앉아 밤을 새웠다. 밤새 눈이 오다 말다를 반복했다. 앉은 채로 잠깐 졸았을까. 고개를 들어 보니 어느 틈에 어둠을 밀어내며 여명이 밝아 오고 있었다. 갑신년 시월 열이레였다. 고례의 가슴속에서 둥둥둥 북소리가 울려 퍼지기 시작했다.

중전마마는 아침 일찍 대전으로 갈 채비를 했다. 한동안 전하와 수라를 함께하는 일이 뜸했는데, 어쩐 일인지 오늘

은 아랫것들을 재촉했다. 고례는 서둘러 중전마마의 뒤를
따랐다.

대전으로 가는 동안 고례의 눈길은 자꾸 통명전에 머물렀
다. 가슴이 벌렁거렸다. 얼굴도 벌겋게 달아올랐다.

하루가 천 년처럼 흘러가고 있었다.

"이것아, 정신을 어디다 빼 두고 있는 거야?"

등짝을 후려치는 쟁한 목소리에 깜짝 놀라 돌아보았다.
본방나인이 도끼눈을 뜨고 쌔려보고 있었다.

"대비전 소주방에 갖다 주고 오라는데 왜 그쪽으로 가는
거야?"

헉! 정신을 차린 고례는 소스라치게 놀랐다. 자신이 소반
을 들고 통명전 쪽을 향해 걸어가고 있는 것이 아닌가! 등골
에서 진땀이 흘렀다.

고례는 후다닥 방향을 틀어 대비전으로 향했다.

고례는 자꾸만 고개를 쳐드는 두려움을 꽉꽉 밟으며 주문
을 외듯 중얼거렸다.

'나는 고대수다, 나는 고대수다!'

우정국 청사 축하연까지는 아직 몇 시간 더 남아 있었다.

궐내는 다른 날과 다름없었다. 생각시들이 재잘거리며 오
가고, 별감과 내관 들이 종종걸음 치고, 관복 입은 관리들은

한가로이 거닐고, 이따금 청나라 군졸들과 일본군들이 거들먹거리면서 알아들을 수 없는 말을 지껄이고 지나갔다.

드디어 날이 저물었다. 고례는 천천히 걸어 통명전으로 갔다. 통명전은 상례가 있을 때 사용되는 장소라 평소에는 인적이 드물었다. 혹 사람들 눈에 띈다 하더라도 무수리 차림인 고례를 의심할 사람은 없을 터였다.

전날 전각 기둥 사이에 숨겨 두었던 폭약들은 무사히 그대로 있었다. 고례는 서둘러 폭약을 몇 군데에 나눠 설치했다. 만약의 경우 폭약이 불발일 경우를 대비해 여러 곳에 설치하라는 도련님의 지시가 있었다. 이제 모든 준비는 끝났다. 저 아래 우정국 청사 옆 별궁에서 불길이 오르기만을 기다리면 되었다.

바람이 몹시 차가웠다. 간밤에 내린 눈이 그대로 얼어붙었다. 맵찬 바람에 얼굴은 찢어질 듯 시린데 손에서는 땀이 났다. 가슴이 방망이질을 해 댔다. 그 소리가 몸 밖으로 빠져나와 쿵쿵쿵 땅을 울려 대는 것만 같았다. 누군가 이쪽으로 오는 것 같아 기겁을 하고 돌아보면, 그 소리는 자신에게서 나는 소리였다.

'나는 고대수다! 나는 고대수다!'

고례는 가슴을 손바닥으로 감싸고 수백 번도 더 속으로

뇌까렸다.

곧 불길이 오를 것이다. 저녁 하늘을 우러러 보았다. 하늘
은 오늘 밤 일들을 죄다 눈감아 주겠다는 듯 달을 구름 속으
로 숨겨 버렸다. 드디어 시간이 되었다.

'……어, 어떻게 된 거지?'

약속한 시각이 되었는데 불길은 오르지 않았다. 고례는
무섬증이 확 밀려왔다. 정신이 아득해지려 했다. 긴장하고
있었던 탓이리라. 추위 때문인지 두려움 때문인지 몸이 제
멋대로 덜그럭거렸다.

'실패한 건가? 아니야 그럴 리가 없어.'

고례는 우정국 청사 옆 별궁을 뚫어지게 바라보았다. 마
치 눈빛을 쏘아서라도 그곳에 불을 댕기고야 말겠다는 듯
이. 그때였다. 멀리서 다급한 외침 소리가 들려왔다.

"불이야, 불이야!"

엉? 그런데 불길은 별궁 쪽이 아닌 반대쪽에서 치솟았다.
고례는 당황스러웠다. 어떻게 된 거지? 약속했던 곳에서는
불길이 오르지 않고 그 반대쪽이라니? 거사하곤 상관없는
불인가 했다. 그런데 이상했다. 고례는 불길이 오르고 있는
곳을 자세히 보았다. 초가집 몇 채가 타고 있었다.

'저곳은 별궁이 아니야!'

고례는 몇 번이나 별궁을 미리 가 보았다. 왜 엉뚱한 곳에서 불길이 치솟고 있는지 알 수가 없었다.

'도대체 어떻게 된 거야?'

고례는 심호흡을 하고 눈을 감았다. 침착하게 다시 생각했다.

'혹시 피치 못할 이유로 거사가 중단되었나? 아냐, 만약 거사를 중단할 상황이 왔다면 도련님이 분명 이쪽으로도 연통을 해 주었을 거야. 내가 기다리고 있다는 것을 아는데 아무런 연락도 없이 거사를 중단할 리가 없어.'

불길이 거세지니 그 주변이 환히 보였다. 누군가 불빛 사이로 뛰어다니며 고함을 질러 대는 것이 보였다. 눈에 익은 모습이었다. 거리가 있어 확실하진 않았지만 행동대원인 것 같았다. 패랭이를 쓴 보부상 모습 같았다.

'그래, 예상치 못한 사정으로 장소를 급히 변경했을 수도 있어. 약속한 장소는 아니지만 그곳에서 가까운 곳이잖아. 그렇다면……'

고례는 입을 앙다물고 천천히 불씨를 켤 준비를 했다. 손이 떨렸다. 너무 떨려서 몇 번이나 부싯돌을 떨어뜨렸다. 휴우, 고례는 크게 심호흡을 하고 다시 불씨를 켰다. 이내 화약에 불이 붙었다.

꽝! 콰광…… 꽝!

생전 처음 들어 보는 엄청난 폭음에 고레는 정신이 나갈 지경이었다. 땅바닥이 흔들렸다. 곧이어 궐내 여기저기서 놀란 궁녀들의 비명 소리가 들려 왔다. 됐어! 그 비명 소리가 신호라도 되는 듯 고레는 벌떡 일어나 나머지 폭약에도 불을 댕겼다.

쾅, 쾅, 콰쾅 콰르르르…….

더 큰 폭음이 연달아 터졌다.

세상이 열리는 소리였다! 굳게 닫혀 있던 이 세상의 편견과 부당함이라는 성문을 철퇴로 내리치는 소리였다.

"으허엉엉."

고레는 두 다리를 뻗고 앉아 엉엉 울었다. 이를 악물고 참았던 두려움이 눈물이 되어 쏟아졌다. 지금쯤 도련님과 도련님의 벗들은 계획대로 전하와 중전마마를 모시고 거사를 진행하고 있을 것이었다.

내일은 새로운 해가 뜰 것이다.

세상에 없는 아이

　몸이 천근만근 무겁다. 고향 무너미골에서 졌던 나뭇짐보다 무겁고, 궁궐에서 졌던 물지게보다 더 무거운 이것, 이것은 무엇인가.

　눈꺼풀이 감긴다. 안 돼, 눈을 떠야지. 아직 잘 때가 아니야. 이렇게 축축한 옷을 입고 잘 수는 없잖아? 젖 먹던 힘까지 다해 눈을 떠야 해. 그래, 이제 됐어. 그런데 왜 세상이 온통 붉지?

　저기 사람들이 모여 있네. 무슨 일이지? 사람들 등 뒤로 하늘이 넓게 펼쳐져 있는 걸 보니 여긴 궁 밖인가 보구나. 그런데 왜 사람들이 하늘을 등진 채 나를 보고 있는 거지? 가만, 저 사람들은 왜 저리 나한테 삿대질을 하고 있어. 왜 나한테 화를 내지? 하긴, 사람들이 내게 화를 내는 게 뭐 그리

새삼스러운 일이라고. 어릴 적부터 사람들은 나만 보면 저 랬어. 저리 가, 저리 가, 저리 가지 못해! 하면서 내쳤지. 그 런데 가만, 저 사람들 손에 들고 있는 게 뭐지? 돌? 돌이네, 저들은 지금 나한테 돌팔매질을 하고 있어.

나리, 아니 영원한 나의 도련님, 어디 계신가요. 왜 우리의 거사가 실패했나요? 내가 터뜨린 폭약은 세상을 뒤집고도 남을 만큼이었는데, 무엇이 잘못되었나요? 옥사에서 들은 소문으로는 행방이 묘연하시다던데, 도련님, 무사하신지요.

제 임무를 다하고, 도련님께서 연통을 보내오길 기다리 면서 저는 부서진 잔해 속에서 하루를 기다렸어요. 숨 막힐 듯한 공포와 추위 속에서도 거사가 성공했다는 전갈을 기 다리며 숨어 있었지요. 한데 이따금씩 들려오는 공포에 찬 비명 소리 외에 궁궐은 고요했어요. 저는 두려움 속에 중궁 전으로 갔지요. 그러지 않았다면 붙잡히지 않았을까요? 하 나…… 이미 궐내는 피비린내로 진동하고, 전 무서웠어요. 새 세상을 만드는 데 왜 그렇게 많은 사람을 죽여야 했는지 요? 청나라 군사들한테 붙잡힐 때까지 난 너무 무섭고 슬퍼 서 울음이 그치질 않았어요.

도련님, 처음으로 나를 사람답게 대해 주신 분. 고마워요. 도련님 덕분에 천덕꾸러기 액막이가 아닌 고대수로 살다 갑니다. 부디 살아 계시어 다음을 도모하십시오. 가끔은, 저를 기억해 주시겠지요.

아파. 머리도 아프고 팔도, 등도 아파. 온몸이 찢겨 나가는 것 같아. 내 몸이 어떻게 된 것일까? 찐득찐득 흘러내리는 이것은 뭐지? 내 몸을 빠져나가는 이 붉은 것들. 배고프다. 끼니때가 되었나? 아, 이 주책없는 배는 시도 때도 없이 꼬르륵거린다니까. 참 말복이가 국밥 사 준다고 했는데…… 꼭 오라고 했는데.

어? 저기 기둥 뒤에 반쯤 숨은 저 녀석, 말복이 아냐? 말복아…… 이리 가까이 좀 와. 너한테 가고 싶지만 몸이 천근만근이야. 일어설 수도 없어. 말복아, 내 손 좀 잡아 줘, 어서!

"저, 저, 또 꿈틀거린다. 아직도 살았나 봐."

퍽, 퍽, 돌멩이가 날아온다. 얼굴, 머리, 어깨로…… 만신창이가 된 몸뚱이를 돌멩이가 덮고 있다. 내 무덤을 만들고 있어.

말복아, 너 울고 있니? 울지 마. 난 괜찮아. 네가 거기 있으니 이젠 무섭지 않아. 내가 얼마나 겁쟁인 줄 너는 알지? 네가 만날 그랬잖아. 덩치만 컸지 겁쟁이라고. 너희 형제가 죽은 뱀을 나한테 던졌을 때도, 우리 아버지가 버럭버럭 고함을 지를 때도, 난 간이 콩알만 해져서 바들바들 떨곤 했지.

사실 고백하자면 언젠가 네가 멧돼지를 만나 벌벌 떨고 있을 때 내가 너를 도울 수 있었던 건, 그 멧돼지는 언젠가 올무에 걸린 걸 내가 구해 줬던 녀석이었어. 그래서 그냥 순순히 물러나 준 거지. 난 뱀도 무섭고 지렁이, 벌레도 무서워. 그러니까 네 말대로 난 겁쟁이가 맞을 거야.

그런 내가 왜 거사에 동참할 수밖에 없었는지 아니? 그건 너무 억울했기 때문이야. 흉물로 태어난 게 내 잘못은 아니잖아. 평생을 액막이로 살아야 하는 내 심정 누가 짐작이나 할까. 그리고 내 착한 동무 덕이가 그렇게 무참히 짓밟히고 죽음을 당해도 눈 하나 깜짝하지 않는 세상, 이 세상이 너무 싫었어.

참, 틈만 나면 날 괴롭히던 너희 형제, 정말 미웠는데……지금 생각해 보니 그렇게라도 내게 관심을 가져 준 건 너희들뿐이었어. 아무도 내게 시비조차 걸어 주지 않았지. 괴롭힘을 당하는 것보다 더 힘들었던 건 외로움이었거든. 후후, 괴롭혀 줘서 고맙다고 해야 하나.

말복아, 너 날 좋아한다고 했지? 나중에 말 바꾸기 없기다. ……고마워, 날 좋아해 줘서. 나도 네가 좋아졌어. 거사 끝내고 새 세상이 되면 무수리 그만두고 너랑 무너미골로 가고 싶었어. 미안해, 함께 못 가서.

난 이 세상에 없는 아이였어. 그런 채로 평생을 살 뻔했는데…… 이젠 외롭지 않아.

말복아, 지금 세상 사람들이 말하는 것처럼 천한 여자애가 감히 역적들과 한패거리가 되어 나라를 팔아먹으려 했다는 말 믿지 마. 난 그런 거 몰라. 그리고 북촌 도련님과 그 벗들은 역적 패거리가 아니야. 누구보다도 나라를 걱정하고 백성들의 힘든 삶을 걱정하는 따뜻한 사람들이었어. 그렇지 않았다면 나 같은 걸 벗으로 받아들였겠니? 나는 그들과 함께했던 거 후회하지 않아. 내가 선택한 길이었으니까.

말복아, 무너미골 우리 집에 가고 싶다. 아버지가 지겟작대기로 때려도 우리 엄마가 있어서 그리운 곳, 불쌍한 우리 엄마, 나 때문에 평생을 눈물과 한숨으로 사셨어. 말복아, 부탁할게. ……마지막까지 나 후회 없이 잘 견뎠다고 전해 줘. 그리고 다음 세상에서도 엄마 딸로 다시 태어나고 싶다고…… 그때는 양반도 천민도 없는, 못생기고 힘센 여자아이여서 손가락질 받는 그런 세상이 아닌 곳에서 다시 엄마의 딸이 되겠다고…… 꼭, 꼭…… 전해 주라.

"어, 이젠 죽었나 보네. 안 움직이잖아. 천한 목숨이라 그런가 참 질기기도 하다."

"그래도 왠지 안됐어."

아, 이젠 정말 손가락 하나 움직일 힘이 없네. 저 아주머니 목소리 언젠가 들었던 것 같아. 맞다! 양반님네 행차에 광주리를 이고 급하게 엎드리다 사과를 다 쏟았던 그 아주머니. 그리고 저기 낡은 군복을 걸쳐 입은 봉두난발의 포졸아저씨, 배곯아 누렇게 뜬 아이와 아낙, 다들 무사했군요. 다행이에요. 그런데 왜 나에게 돌을 던지나요?

어둠이 뭉텅뭉텅 몰려온다. 아직 보고 싶은 얼굴이 많은데…… 노할아버지, 팔뚝국밥집 주인아주머니, 각심이도.

'고례야, 이제 그만 그 가슴에 박힌 돌을 빼내 버려. 돌이 박힌 채론 무거워서 새 세상으로 갈 수가 없잖아. 이리 와, 내가 도와줄게.'

'누구니? 처음 듣는 목소린데.'

'나야, 덕이.'

'뭐? 정말 덕이니? ……너 참 목소리가 예쁘구나!'

'고례야, 자 내 손을 잡아!'

'깜깜해, 아무것도 안 보여. 덕이야, 어디 있는 거야?'

눈을 떠야지. 눈을……. 아, 덕이가 보인다! 덕이야…… 그런데 이 빛은 어디서 오는 거지. 눈이 부셔. 어어, 이것들은 또 뭐야?

'고례야, 밑을 봐. 친구들이 너를 마중하러 왔어.'

친구들······? 와아, 고래 떼다! 어, 내가 고래 등에 올라 있네? 어머 아기고래도 왔어. 아이 간지러워. 덕이야 이것 좀 봐, 아기고래가 자꾸 내 품속으로 파고들어.

글쓴이의 말

어릴 적, 내가 살던 시골 마을에는 '동글바우'라 불리는 커다란 바위가 있었다. 마을과는 꽤 멀리 떨어져 있는 산등성이에 있던 바위 무더기로, 마을 어디서나 한눈에 보일 만큼 컸다. 약간 튀어나온 이마와 오뚝한 콧날, 그리고 인중을 지나 턱으로 흐르는 선이 영락없는 옆얼굴이었다.

어린 우리들은 중요한 약속이나 다짐을 할 때 곧잘 동글바우에 대고 했다.

"약속 꼭 지켜야 돼. 동글바우가 다 봤으니까 딴소리하면 안 돼!"

"너 동글바우에 대고 맹세할 수 있어?"

아이들뿐만이 아니었다. 어른들도 우리에게 나쁜 짓을 하거나 거짓말하면 동글바우가 데려간다고 겁을 줬다. 그래서

친구와 싸우거나 부모님께 거짓말이라도 한 날엔 차마 동글
바우를 쳐다볼 수가 없었다. 부끄럽기도 하고 무섭기도 했
기 때문이다.

그때 우리에게 동글바우는 무엇이었을까.

어른이 되어 생각해 보니, 그건 아마도 내 속에 살고 있는
또 다른 내가 아니었을까, 내 안에는 그토록 거대한 또 다른
내가 있어, 힘든 고비들을 넘을 수 있었던 건 아닐까. 누구에
게나 살고 있는 그것!

어느 날 우연히 책을 읽다 놀라운 글귀 한 구절과 맞닥뜨
렸다.

'갑신정변 가담자 중 유일한 여자였던 조선 최초의 여성
혁명가 궁녀 고대수, 그녀는 칠척 장신의 거구로 처형장으
로 끌려가던 중 사람들의 돌팔매를 맞고 죽었다.'

그 글귀를 보는 순간 온몸에 전율이 일었다. 그리고 마치
내가 돌에 맞는 것처럼 아팠다. 그녀가 왜 새 세상을 꿈꾸었
을지 충분히 짐작이 되면서. 그녀를 보듬어 주고 싶은 마음
이 울컥, 솟았다.『세상에 없는 아이』는 그렇게 싹텄다.

당시 42세였던 궁녀 고대수를 14세의 고래를 닮은 아이
'고례'로 그렸다. 누구에게나 살고 있는 그것, 그 거대한 것이

그녀에게도 있었으리라. 조선이라는 세상에서 천덕꾸러기 여자아이가 새로운 세상을 꿈꾸게 되었을 내력을 상상해 보았다.

고대수는 개화파 김옥균과의 만남으로 세상과 나를 보는 새 눈을 갖게 되었을 것이다. 세계열강이 이 땅에서 각축을 벌이던 시대, 낡은 제도를 버리고 자주적인 힘을 길러 근대화된 새로운 세상을 열고자 했던 김옥균. 그의 바람은 궁녀 고대수에게 둥글바우 같은 것이자 거대한 한 마리 고래와도 같았을 것이다. 그리하여 고대수는 주어진 운명에 무릎 꿇지 않고 진정한 자기를 찾게 되었으리라.

시집 두 권을 내고 시인이라는 이름으로 살다, 작가라는 이름을 달게 해 준 첫 청소년소설이다. 정성을 들였지만 많이 부족하다. 처음 지은 밥처럼 설익었을 것이다. 앞으로 더 좋은 작품을 쓰겠다는 다짐으로 이 부끄러움을 가리고 싶다.

동화를 쓰겠다고 나선 내게 늘 옆에서 힘이 되어 준 벗 안오일이 고맙고, 진정한 문학의 길을 뜨겁게 설파하고 계신 배봉기 교수님께 감사드린다. 그리고 좋은 인연이 된 출판사 관계자 분들께도 감사드린다.

무더위가 기승을 부리는 염천 속에서도 백일 동안 기도처럼 꽃을 피우는 나무가 있다. 배롱나무, 불에 덴 벗겨진 살갗 같은 가지를 어루만지며.

삼복더위에

김미승